La Baie
TROUBLE

Jean-Paul
Diégane Ndong

AuthorHouse™ LLC
1663 Liberty Drive
Bloomington, IN 47403
www.authorhouse.com
Phone: 1-800-839-8640

Published by AuthorHouse   07/29/2013

ISBN: 978-1-4817-3915-3 (sc)
ISBN: 978-1-4817-3910-8 (hc)
ISBN: 978-1-4817-3911-5 (e)

Library of Congress Control Number: 2013906744

Contents

Contents

CHAPITRE 1

Les saveurs d'une liberté

Serlet émergeait peu à peu de sa longue torpeur. Il avait écouté sans l'interrompre la plaidoirie longue et passionnée de son ami. Le sujet apparemment ne l'intéressait que passablement. L'air placide que peignait sur son visage son habituel flegme n'avait laissé filtrer aucune émotion.

Le connaissant, Diomaye avait au début prêté peu attention à ce calme. Il savait que comme à son habitude, l'homme assis en face de lui ne perdait pas un mot de ce qu'il disait. Se répéter, expliquer, hausser la voix, se fâcher, tout cela était inutile. Serlet à l'occasion savait être franc et candide. Eût-il trouvé ses propos sans intérêt, il ne l'aurait jamais laissé parler aussi longtemps. S'il n'avait pas encore répondu, c'était justement parce qu'il se donnait la peine de le comprendre.

Seulement le silence, au bout d'un moment, avait commencé à peser. A force de se prolonger, il avait fini par se charger d'une signification particulière.

Ce n'était plus la même attention pensive qui ponctuait leurs échanges coutumiers. Diomaye, lentement, sentait sa pensée se

1

perdre, à la dérive, noyée dans le flot ininterrompu d'un discours que rien ne venait endiguer. Les arguments qu'il était venu éprouver n'avaient rencontré que du vide. Les esquives silencieuses de son interlocuteur avaient dissous ses repères et lassé sa fougue. Il ne savait plus ni comment, ni pourquoi continuer son propos. Il avait attendu en vain un écho, un signe, un geste qui lui eût permis de s'accrocher, de reprendre son souffle et de rebondir pour pousser son argumentation plus loin.

Mais peut-être qu'à cette heure les paroles étaient déjà devenues vaines. Les bruits lointains qui lui parvenaient distinctement semblaient en effet indiquer que, quelque part dans la ville, l'action avait déjà commencé. Leur conversation hésitante, rythmée de silences nouveaux, lui semblait par moment dérisoire au milieu de la ville devenue soudain si bruyante. La digue, semblait-il, avait déjà cédé et il n'était plus question de contenir le torrent d'événements tant anticipés qui formait maintenant son cours.

– Dois-je te considérer comme leur porte-parole ? demanda enfin Serlet, s'arrachant péniblement à son mutisme.

La question, lancée sur un ton las et détaché, prit Diomaye au dépourvu. Il en comprit cependant le sens. Au nom de qui avait-il en effet parlé ?

– Tu réalises quand même la teneur de tes propos et la gravité du moment, reprit Serlet, implacable. Je perçois bien ta pensée, mais j'ai du mal à situer ton parti. Tu dois comprendre que, dans la position qui est la mienne, je ne puis, aujourd'hui, me contenter de simples opinions. J'ai besoin d'engagements.

– Je suis venu, en ami, te livrer ma conscience en espérant qu'elle t'aidera à mieux les comprendre, déclara Diomaye avec humilité.

– A ce stade, j'ai bien peur que ma compréhension ne soit devenue une nécessité secondaire. La conscience du monde est avec eux et c'est tout ce qu'il faut pour rassurer leur colère. Une sympathie de plus ou de moins ne leur servirait désormais à rien. Ils arrivent et c'est sur moi qu'ils veulent marcher. Je suis le moteur de cette colère que tu trouves si légitime. Si je m'efface comme tu me le demandes, ils s'arrêteront perdus au milieu de leur fougue et ne sauront plus où aller.

Diomaye crut percevoir de la provocation dans les propos de Serlet et en ressentit un certain agacement. *Notre monde est sur le point de s'effondrer et le voilà qui joue encore à la provocation*, pensa-t-il amèrement. *Les gens comme lui s'imaginent toujours que le monde avance à coup de collisions. L'histoire pour eux est une épreuve de force continuelle.*

Cependant, malgré l'ampleur de son désaccord, il parvint à garder son calme et entreprit de reprendre l'offensive.

– Tu ne peux, répondit-il calmement en appuyant ses mots, être le sens de l'histoire, car te voilà dos au mur. S'ils vont vers toi comme tu les y pousses, ils emprunteront la même impasse qui, aujourd'hui, t'a piégé. Maintenant qu'ils sont debout, je veux qu'ils découvrent la beauté et l'étendue de l'horizon qui s'offre devant eux et qu'ils l'apprécient. Je ne te laisserai pas les perdre.

– S'ils se perdent, répliqua vivement Serlet, c'est qu'on les aura laissés se disperser vers des horizons trop lointains. Tu sais aussi bien que moi que, pas plus qu'ici, ils ne toucheront jamais le ciel aussi loin qu'ils aillent. Si tu y tiens vraiment, il faudra les aider à redécouvrir leur grandeur. Il faut leur faire bâtir des tours. Ici et maintenant.

– Bâtir des tours… Une autre version arrogante de votre mission coloniale. Bâtir des tours et perpétrer au passage la misère…

– La misère, coupa Serlet, m'a précédé en Afrique et j'ai bien peur qu'avec tes discours, elle ne se perpétue bien après notre départ. D'abord, je ne nie pas le fait que ce pays soit sous notre domination. Et qui dit pouvoir, dit abus. Si le pouvoir était égalitaire, il ne se disputerait pas. J'assume donc mes manquements, car ils vont de pair avec ma fonction et ma position. Ce qui me dérange et me déçoit aussi, venant surtout de toi, c'est que tu en parles comme si quelqu'un d'autre, à ma place, aurait agi autrement. Bien avant mes corvées, il y avait l'esclavage des Africains par les Africains eux-mêmes. Je te dénie donc toute supériorité morale, du moins dans ce sens. Si tu parviens à convaincre ton peuple que je suis la seule cause de sa misère, tu l'auras endormi une fois de plus et le réveil, je t'avertis, risque d'être encore plus pénible. Ils ont souffert, je l'admets, mais ne te contente pas de les consoler, car tu ferais d'eux des enfants. Ce dont il faut les libérer, ce n'est pas simplement des oppresseurs du moment, mais aussi de toutes les pesanteurs qui ont fait qu'il ait été possible de les faire souffrir si souvent. Je pense que tu peux être à la hauteur de ce combat si tu décides de le livrer.

— J'ai choisi de mener le combat de l'heure. Je comprends que cela ne t'enflamme guère parce qu'il consiste, en quelque sorte, à organiser ta perte. Mais que tu le veuilles ou non, ton heure a sonné. Quant à notre histoire, elle peut paraître hideuse, comme l'est du reste celle du monde prise dans son ensemble. Mais elle a aussi son cours et ce qui était possible et acceptable hier ne l'est plus aujourd'hui. J'ai mieux à faire qu'à combattre les ombres du passé.

Diomaye se sentait maintenant libéré. Ses réponses, de plus en plus sèches et directes, ne ménageaient plus la susceptibilité de son interlocuteur. Il attaquait à découvert, bien conscient des dommages irréparables que pouvaient causer ses propos.

Affronter Serlet ce matin, c'était en quelque sorte s'affronter lui-même. Il s'entendait répondre des arguments très familiers. C'étaient ses propres doutes, ses propres objections, qui lui étaient en ce moment renvoyés en échos. Mais s'il était là aujourd'hui, c'était parce qu'il avait pris le temps de les regarder en face et de les apprivoiser. Il ne les craignait donc désormais plus.

Serlet, de son côté, n'était pas prêt à céder du terrain à son interlocuteur.

– Comme j'aimerais que tu aies raison, reprit-il, impassible. Mais je t'invite quand même à prendre la mesure de ton passé. Il est lourd et pas si lointain que cela. Il ne faudrait pas que ma présence te donne l'illusion que ton monde a changé. Tu t'apprêtes à me chasser et il te faudra, après, combler le vide que va créer mon absence. Car, jusqu'à maintenant, j'ai décidé de ton présent et de ton futur. En dehors de tes rêves, la seule chose qui t'ait vraiment appartenu, c'est ce passé dont tu veux maintenant te démarquer.

– Ce passé est une mare qui nous est commune. On s'y penche et on choisit d'y voir les reflets que l'on veut. Tu as choisi d'y voir les reflets qui plaisent. Moi je préfère m'attarder sur les reflets qui servent. Tes propos ne cessent de suggérer qu'en ce moment, c'est toi qui te trouves du bon côté de l'histoire et que tu as relativement moins à gagner dans une évolution positive de nos relations. C'est là une pesanteur de l'esprit que t'impose cette marche à reculons que tu as choisie. De nous deux, c'est plutôt toi qui portes ton passé comme un fardeau. J'ai eu moi aussi, naguère, la même sensation. Je pensais porter le poids du monde sur mes épaules et ma pensée s'enlisait sans cesse dans les sillons de l'histoire. Puis un matin, je me suis retourné, et à la place du fardeau que j'imaginais, j'ai vu des ailes. Depuis, j'ai cessé de me sentir comme une épave impuissante, perdue dans les abîmes de l'histoire. Je ne crains plus de voir ressurgir mon passé, car je l'ai assimilé. Ce dont j'ai peur en ce moment, c'est de me laisser surprendre par le futur parce que je lui aurai tourné le dos.

– J'ai bien peur que tu ne sois le seul à les sentir en ce moment, ces ailes, et elles ne te semblent pas d'une grande utilité puisque tu admets que tu ne sais pas où aller avec elles. C'est bien beau de vouloir laisser tes gens décider, mais ils sont tous aussi désemparés que toi. En l'absence d'alternative concrète, j'ai bien peur qu'il ne faille choisir de maintenir l'ordre. Cela vaut mieux que de laisser s'installer le chaos.

Encore cette fuite en avant, pensa Diomaye. *Je le sens proche de ce refuge qu'il affectionne tant, son prétendu devoir. Mais je ne lui laisserai pas le loisir de m'expliquer encore une fois qu'il n'a pas le choix*, pensa-t-il en se levant de son siège.

Ayant repoussé son fauteuil, Serlet se mit debout à la suite de son visiteur. « Désolé », dit-il à mi-voix, en lui serrant la main.

Ils se sentaient tous les deux gênés.

CHAPITRE 2

Les gages de l'amitié

―――――――――――――――――――――――

Dominant son amertume, Diomaye tourna le dos à son ami et se dirigea d'un pas résolu vers la sortie. L'issue de la rencontre ne lui plaisait guère, mais, optimiste, il s'en remettait à l'instinct qui l'avait irrésistiblement poussé à ne faire aucune concession au Gouverneur.

Leur relation, se disait-il, *venait d'entrer dans une phase délicate, mais incontournable. Elle en ressortirait soit rajeunie et fortifiée, soit complètement détruite.*

Cette dernière éventualité était cependant, contre toute attente, loin de l'enchanter. Il tenait en fait beaucoup à la relation un peu spéciale qui le liait à cet homme avec qui il avait en apparence peu en commun. En retour, comme cela arrive souvent, il avait aussi, à maintes reprises, reçu des preuves tangibles de la réciprocité de cet attachement.

Serlet l'estimait et lui faisait confiance. Il lui avait jusqu'ici toujours parlé à cœur ouvert et sans retenue. Diomaye ne manquait donc pas de repères pour apprécier la teneur des propos qu'il venait d'entendre.

Il savait qu'en ce moment, l'air désabusé du Gouverneur n'avait rien de feint. Les événements récents qui s'étaient succédé dans la localité avaient extirpé de son cœur une bonne dose de foi et de passion. La vie l'encerclait dans sa complexité et ne lui laissait plus le loisir d'entretenir les illusions qui l'avaient poussé à accepter sa fonction. Eu égard aux ambitions qu'il nourrissait, son rôle était devenu une véritable sinécure.

Ironie du sort, Serlet allait assister, impuissant, aux premières loges, à la répétition d'une tragédie qui l'avait hanté toute sa vie. Elevé dans la précarité, il avait très tôt connu les affres de la privation. Cette frustration originelle avait été le moteur principal de sa réussite scolaire.

Plus tard, il avait connu le succès social et l'aisance matérielle. Mais le jeune loup aux dents longues qu'il était devenu gardait en permanence un goût amer dans la bouche. Alors même qu'il avait tout pour mordre à pleines dents la vie, une faim chronique lui nouait constamment le ventre.

Le grégarisme moderne, qui focalise les besoins humains sur un ensemble d'expériences limitées, lui faisait horreur. Il rêvait sans cesse d'espaces nouveaux qui lui permettraient d'atteindre un degré plus élevé d'ouverture d'esprit.

L'Afrique, de par son exotisme et son potentiel culturel, constituait à ses yeux une option sérieuse d'évasion. L'histoire et l'actualité du continent présentaient une double attractivité pour lui.

Son éducation et ses compétences seraient, pensait-il, d'une grande valeur dans l'immense chantier qu'était l'Afrique. Il pourrait enfin agir de façon à la fois productive et gratifiante, sans avoir l'impression de consacrer toute sa vie à travailler comme une fourmi possédée.

En plus de cela, il pensait aussi raisonnablement arriver, grâce à la fréquentation d'une culture différente, à étancher une partie au moins de sa soif spirituelle.

A son arrivée, il ne fut pas déçu. Comme baptême du feu, on lui confia l'administration de la principale région agricole du pays. Cette première affectation, dans une localité certes importante, mais très enclavée, n'avait rien d'une promenade de santé. Il l'accueillit pourtant avec tout l'enthousiasme que permettait sa jeune fougue.

Le chef-lieu de ce territoire, avec son aspect semi-urbain et l'accès facile qu'il offrait à la campagne et à ses habitants, lui convenait à merveille. Il allait pouvoir humer à plein nez l'air rafraîchissant de la savane africaine et s'enrichir l'esprit au contact direct d'une culture indigène qui était presque miraculeusement restée encore intacte.

L'attitude ouverte et volontaire qu'il adopta en conséquence surprit dans un premier temps beaucoup de gens, à commencer par les populations locales, habituées jusqu'ici à subir l'arrogance des commis coloniaux de bas étage qu'on leur envoyait. Mais la surprise fit rapidement place à des sentiments plus controversés lorsqu'il devint clair, au bout d'un certain temps, qu'il n'adhérait pas de façon totale et aveugle au système qu'il était venu servir.

A l'opposé de beaucoup de ses congénères qui semblaient oublier les carences de leur propre civilisation au contact de la réalité locale, il était en effet resté à la fois humble et ouvert. Tout en demeurant profondément attaché aux valeurs de sa propre culture et admiratif de ses grandes réalisations, il reconnaissait en même temps n'avoir pas été en mesure d'y trouver le bonheur qu'il cherchait.

Cet échec, bien sûr, lui était à bien des égards particulier. Mais il lui interdisait, en toute logique, de brandir ses propres mœurs comme une panacée face à la misère humaine.

Il ne pouvait donc pas se résoudre à penser qu'il suffisait de donner à chaque indigène un costume et une cravate pour le rendre heureux. Au contraire, il les trouvait à la fois grotesques et malheureux dans cet apparat rigide qu'on appelait exclusivement civilisation.

Bien entendu, l'objectif depuis longtemps avoué du système qu'il servait n'était pas de rendre les indigènes heureux. *Mais, en définitive*, se demandait-il, *à quoi pouvait bien servir une civilisation qui ne rendait pas son homme heureux ? Peut-être simplement à faire de celui-ci un outil au service de sa propre expansion...*

Cependant, bien qu'ayant une interprétation très personnelle de sa mission, il n'en était pas moins résolu à remplir sa fonction avec rigueur et dévotion. Il était en effet venu avec l'idée que le pays, tel qu'il l'avait appris au cours de ses études, était un regroupement hétéroclite de tribus. Il présentait en même temps les charmes envoûtants du kaléidoscope culturel qu'il recherchait et les tares dépravantes d'un ensemble émietté et chaotique.

L'aspect unificateur du système colonial, bien que contraint, lui semblait très bénéfique. Il décida donc de consacrer une grande partie de ses efforts à la consolidation de cet acquis.

Unifier le pays ne se résumait cependant pas, comme le stipulaient ses fonctions, à contraindre ses différents habitants à se soumettre à l'unique autorité qu'il était venu représenter. Son projet était plutôt d'amener progressivement ses administrés à adhérer à certains principes de vie. Ces mêmes principes qui avaient permis à d'autres pays, comme le sien, d'embarquer résolument sur la voie du progrès social.

La devise « Liberté, Egalité, Fraternité » lui était chère, mais il ne la considérait pas comme une icône. Il la trouvait même inappropriée dans un contexte tel que celui de la colonisation.

Comment en effet enseigner la liberté à un peuple qu'on a soumis? Et quelle égalité y avait-il dans les pratiques discriminatoires cautionnées par le droit colonial ? Comment enfin parler de fraternité quand on ne juge son prochain que sur la base de critères superficiels de race ?

En plus de ce contexte plein de contradictions, il était aussi dérangé par l'aspect transcendantal de certaines valeurs mises en exergue dans la devise officielle. L'égalité, par exemple, était selon lui un principe sans dynamisme. Il pouvait se proclamer à tout moment. Ce n'était pas un principe moteur, à l'opposé de la justice qui, elle, était un vrai projet.

Sa première ambition fut donc de faire de la justice une valeur universelle de base qui l'aiderait à souder le pays, de façon harmonieuse et efficace. L'universalité, pour lui, était indispensable, car il se doutait bien que les ethnies, prises séparément, avaient chacune leur propre interprétation de cette valeur humaine fondamentale qu'est la justice. Ce qui manquait le plus, c'était une consolidation et, peut-être, une mise à jour de ces interprétations partielles, permettant de les adapter à l'espace élargi dans lequel ses administrés allaient maintenant évoluer.

En plus de cette justice fédérale, son deuxième objectif était de faciliter, autant que possible, la dissémination du savoir moderne. Le pays, tel qu'il l'avait découvert, était profondément décalé. On l'avait pendant longtemps, sciemment, coupé du monde et maintenu dans une ignorance totale de ce qui se passait au-delà de ses frontières.

Il jugeait cet état de fait inopportun et dangereux. On ne pouvait pas, selon lui, construire un pays moderne sans l'initier à la richesse et à la complexité du monde actuel. L'ignorance ainsi fabriquée était la source d'un malentendu permanent entre les différentes classes sociales qui formaient la population locale.

Les analphabètes par exemple, incontournables de par leur nombre, pataugeaient en permanence dans un cadre administratif qui n'était pas taillé à leur mesure. Les intellectuels, de leur côté, minoritaires mais vénérés, multipliaient les abus et les mises en scène en toute impunité. Quant au pouvoir, il poursuivait, dans une indifférence presque généralisée, des programmes inspirés de préoccupations étrangères que beaucoup acceptaient comme une fatalité.

Les différentes couches sociales évoluaient ainsi à des rythmes différents et avaient chacune leur propre idée du progrès. Le dysfonctionnement qui en résultait faisait qu'il était presque impossible de rassembler toutes les forces vives du pays derrière un programme progressif commun.

Combattre l'ignorance était par conséquent tout aussi indispensable que l'instauration d'un système de justice accepté et reconnu de tous.

Ces deux objectifs n'avaient à priori rien d'extraordinaire. Ils venaient très naturellement à l'esprit de quiconque se préoccupait sérieusement du destin de la colonie. Mais ils ne furent pas du goût de l'establishment local, qui y vit plutôt une marque d'arrogance dictée par l'amateurisme manifeste du nouveau venu.

Les difficultés ne manquèrent donc pas au début. Le système, dans sa majorité, lui refusa son soutien. Il eut cependant la chance de trouver très tôt dans son administration quelques oreilles attentives. Parmi elles se trouvait celle de Diomaye, un jeune ingénieur agronome qui avait été nommé conseiller agricole peu avant son arrivée.

Sa rencontre avec ce jeune cadre local avait été avant tout une rencontre de l'esprit. Ils avaient tous les deux, à un certain moment de leur vie, ouvert une porte qui donnait sur l'envers du décor de l'existence très conventionnelle qu'ils avaient accepté jusqu'ici de mener. Les perspectives qu'ils avaient acquises au détour de cette expérience étaient similaires, mais difficiles à communiquer en dehors du cadre abstrait de leur pensée. Ils les avaient donc, pendant longtemps, vécues avec conviction certes, mais en silence. Et puis, un beau jour, le destin les avait réunis et leur avait donné l'occasion de se parler.

Cela s'était passé l'année même de la prise de fonction de Serlet. Ce dernier, pour célébrer la fête du 14-Juillet, avait organisé une réception dans sa résidence. En tant que proche collaborateur de l'hôte, Diomaye fut naturellement parmi les invités. Comptant très peu d'amis parmi les visiteurs, il s'était cependant tenu le plus clair du temps à l'écart, égrenant stoïquement les minutes, dans l'attente du moment où il serait acceptable de fausser compagnie à la joyeuse assemblée sans faire entorse aux convenances. Soudain, une main familière s'était posée sur son épaule et il s'était laissé entraîner sans résister vers une des allées retirées du jardin ombragé qui abritait la réception. Arrivé à une distance respectable de la foule d'invités, le maître des lieux s'était arrêté et avait pointé du doigt les silhouettes agitées qu'ils venaient de quitter.

– Regardez, avait-il dit, en fixant sur Diomaye une paire d'yeux brillants, n'est-ce pas là un moment humain qui aurait fait pâlir d'envie Marx lui-même ?

– Vous avez bu, avait répondu avec amusement Diomaye.

– Mais non, mais non. Je supporte très bien le vin, vous savez… Juste deux malheureux verres…

– Alors j'ai du mal à vous comprendre.

– Je faisais allusion à l'utopie communiste.

– Mais encore… ?

– Eh bien, le communisme est l'idéologie politique qui me semble la plus résolue dans sa quête d'un bonheur collectif. Ce qui le rend d'ailleurs un peu plus cohérent à mes yeux, car s'il doit exister un bonheur dans ce monde, il ne peut être que collectif. Toutes les autres idéologies reposent sur des compromis qui les font aboutir à des bonheurs individuels et donc partiels. Ce qui nous amène aux fêtes…

– Je crois que je commence à vous comprendre. On n'a en effet jamais vu quelqu'un faire la fête tout seul. Mais l'ambition politique à laquelle vous faites allusion me semble plus modeste. Elle vise simplement la réalisation d'un bien-être commun. Le bonheur, disons collectif, est impossible dans un océan de misère. Le bien-être me semble être une condition nécessaire à sa réalisation.

– Peut-être, mais je n'irai pas jusque là. Les gens pauvres organisent parfois des fêtes mieux réussies que celles des riches. Le bien-être est certes une condition favorable, mais il n'est ni nécessaire ni suffisant. Il peut aussi n'être qu'une réponse temporelle à la complexité du monde. L'ironie, c'est que cette complexité, c'est nous-mêmes qui la créons. La résoudre, c'est parfois simplement revenir à la case départ. Le bonheur n'est pas selon moi une condition qui s'inscrit dans la durée. C'est un moment, qu'on peut atteindre de mille et une manières, même en l'absence de bien-être.

– C'est aussi un moment fragile et il faut le protéger. Pour cette raison, on en vient souvent à le compromettre en l'assimilant au bien-être. Puisque notre existence d'êtres humains se réalise dans la durée, il nous faut bien cette capacité à faire face, de façon soutenue, à l'adversité du monde. C'est un effort qui, de nos jours, est devenu obligatoire.

– Oui, mais l'ennui c'est que beaucoup d'existences poussent malheureusement cet effort à l'extrême en en faisant leur propre justification. Elles pensent avec ça pouvoir arriver un jour au raffinement ultime du bonheur. C'est là une grave erreur.

– Rassurez-vous, je n'ai pas encore subi une telle aliénation. Mon argument est différent. Je pense en fait que, même quand on a l'impertinence de les comparer, nos fêtes d'hier valent largement celles d'aujourd'hui. C'est un constat que me dicte l'honnêteté, car je ne suis pas en réalité dans les dispositions requises pour apprécier de façon égale les deux instants. Ce que je sais cependant, c'est que, quelle que fût son ampleur, notre bonheur passé était un bonheur fragile. Il n'a pas su résister à vos assauts. C'est peut-être en cela qu'il est perfectible.

– C'est en effet là un problème différent que tu poses. En vous voyant aujourd'hui ronger votre frein un peu à l'écart, je me suis demandé si vous n'aviez pas, vous aussi, comme tant d'autres, perdu votre capacité à être heureux dans ce monde. Vous me rassurez en confirmant que c'est simplement parce que je vous ai mis de force dans des conditions superflues, pour soi-disant vous servir un bonheur plus raffiné, que je vous ai perdu.

— Est-ce cela la raison de votre présence dans cette région ? Vous me donnez l'impression d'être en pleine maîtrise de la modernité. Vous avez reçu une excellente éducation et avez jusqu'ici réussi une carrière remarquable. Mais vous semblez dédaigner ces prouesses parce que, d'une certaine manière, elles vous ont été imposées. Votre vrai combat commence ici. Vous pensez que déchiffrer notre monde vous aidera à développer une nouvelle perspective qui vous permettra de rétablir votre équilibre.

— Pour être plus précis, je dirais que je mène en fait deux combats. Le mien, comme vous venez de le décrire, et aussi le vôtre. Bien entendu, vous ne m'avez pas demandé de vous aider. Mais j'en sais trop sur ce monde pour me contenter de l'illusion d'un bonheur individuel. Ceci, paradoxalement, explique ma manière de gouverner qui peut, par moment, vous paraître trop dure. J'aurais pu en effet, comme beaucoup de mes prédécesseurs, vous servir un simulacre d'Etat. Cela ne me coûterait absolument rien tant que ces pseudo-lois, disons tropicalisées, me permettraient d'atteindre les intérêts supérieurs de la puissance qui m'a désigné à mon poste. Mais je n'ai aucune envie de mystifier votre peuple, car le succès d'une telle entreprise ne saurait être qu'éphémère.

— C'est en effet bien à nous que devrait revenir l'initiative de tropicaliser vos lois pour les adapter non pas à nos supposées insuffisances ou à nos caprices, mais plutôt à notre propre vision. Je respecte beaucoup votre souci d'honnêteté et de transparence. Mais l'esprit de vos lois entache la bonne volonté qui vous anime. Ces lois que vous nous appliquez avec rigueur servent en effet des fins qui me sont étrangères. Je ne puis me consoler de leur rectitude ou de leur authenticité.

— Rassurez-vous, je ne vis pas non plus dans l'abstraction. Comme vous, je suis conscient de la réalité historique qui nous unit en ce moment. Nous ne sommes pas du même côté de la barricade et je ne suis pas en train de prétendre le contraire. Mais, en attendant que cette situation change, je ne me laisserai pas priver d'éthique et de justice. Cela dit, je pense que nous nous sommes un peu égarés. Mon but était de vous mettre à l'aise pour que vous puissiez profiter de ce moment et vous amuser comme tout le monde. Continuer cette discussion me garantirait un échec presque certain. Arrêtons donc de nous empêtrer dans des propos sans fin et mettons-nous à la disposition de l'instant. Il prendra soin de nous. Vous auriez dû amener avec vous un échantillon de votre collection musicale... J'adore vos percussions... Saviez-vous aussi que je raffole du jazz ? Ah, le jazz ! Voilà quelque chose de raffiné...

Ce bref échange avait servi de déclic à une amitié inattendue mais profonde entre les deux hommes. Avec le recul, ils ne pouvaient en effet s'empêcher d'être impressionnés par l'aisance avec laquelle ils avaient pu, de façon si spontanée, entretenir un débat si profond. Ils se découvraient un même langage et, quelque part dans la solitude de leurs esprits si réfractaires au conformisme contemporain, leurs pensées rebelles se rejoignaient.

CHAPITRE 3

Le prix du silence

─────────────────────────────

Il faut cependant admettre que la relation entre les deux hommes évoluait, le plus souvent, dans le cadre d'une abstraction relativement neutre de conséquences. C'est même cet aspect un peu éthéré de leurs échanges qui avait jusqu'ici été le principal catalyseur de leur rapprochement. Confronté maintenant à l'urgence de la situation qui les interpellait, ce facteur avait brutalement montré ses limites.

La désillusion qui en découlait ne les avait cependant pas frappés avec la même ampleur. Serlet, de par sa fonction de Gouverneur, vivait déjà, de façon quotidienne, les contradictions soulevées lors de la discussion. Cependant il avait, au cours du temps, appris à s'accommoder des contraintes de la réalité et à faire patienter ses idéaux. Ce qui n'était pas du tout le cas de son ami autochtone qui, lui, il faut le reconnaître, était beaucoup moins versé dans l'art des compromis.

Ce dernier, toutefois, ressentait maintenant, avec acuité, que le poids de son intransigeance pesait lourdement sur ses épaules. Le pragmatisme que Serlet avait décidé d'adopter l'avait légitimement outré, mais il n'avait en réponse rien pu proposer de mieux que ses principes. Tout en se dirigeant vers la porte, il réalisait, sans pour autant se le reprocher, que le fait d'avoir montré si peu de retenue dans ses propos avait transformé un entretien qu'il jugeait capital en une confrontation sans issue.

Il franchit le seuil comme un noctambule et referma derrière lui, avec soin, l'imposante porte de bois verni qui séparait le bureau du Gouverneur de la salle de réception. Ce geste anodin et familier lui parut, cette fois-ci, interminable, tant il tenait à lui donner une apparence naturelle.

Il savait que derrière lui, les oreilles attentives de l'administrateur ne manqueraient pas d'interpréter à leur guise chaque bruit et chaque geste.

Devant lui, il sentait aussi, avec la même appréhension, plusieurs paires d'yeux, qu'il avait reconnues sans les voir, braquer sur lui l'intensité de leur regard inquisiteur.

Etait-il en ce moment une énigme ou une simple nuisance ? Il ne pouvait en juger avec certitude, ne sachant pas lui-même quelle réponse apporter aux questions du jury silencieux qui l'interrogeait du regard.

Pourquoi était-il là ? Que lui avait dit le Gouverneur ? Qu'allait-il faire ? Les questions fusaient de toute part, enveloppées d'un ton de reproche et de suspicion, sans qu'un seul son vienne briser le silence de marbre qui régnait dans l'imposante antichambre.

C'était, cependant, clair : on lui demandait des comptes.

Il fit quelques pas vers le groupe muet qui continuait à l'observer en silence et se sentit envahi par un immense trouble. Il ne s'était pas préparé à s'expliquer. En réalité, il n'avait aucune intention de s'expliquer.

A mesure que les regards d'en face se faisaient plus insistants, il se sentait raidir.

La situation lui paraissait totalement incongrue. Pourquoi donc devait-il demander à qui que ce soit la permission de s'impliquer dans une crise qui le concernait au plus haut point ? C'était tout de même l'avenir de la communauté dont il était partie intégrante qui se décidait aujourd'hui.

Mais fallait-il, en même temps, s'étonner qu'on lui reprochât d'agir ? Ce droit qu'on lui déniait aujourd'hui, il l'avait lui-même abdiqué de son propre chef.

Jusqu'ici, il avait laissé à d'autres le soin de prendre les initiatives. Il s'était invariablement rangé sans résistance derrière leurs partis pris, en les acceptant sans rechigner, comme porte-voix. Et il avait admis, sans jamais vraiment lutter, qu'ils étouffent méthodiquement sa pensée et brisent sans égard ses rêves.

C'était là un ordre tacite qui s'était imposé à lui depuis toujours. Les nombreuses décisions qui en avaient découlé avaient aussi jusque là été accueillies comme des fatalités.

Piégé dans un monde en mutation où tout allait si vite, il se sentait comme une âme perdue sur le pont d'un navire en détresse. Le contrôle de sa destinée lui échappait totalement. Sa vie, comme celle de tous les passagers embarqués dans l'aventure commune, voguait à la dérive, mais on lui défendait sournoisement de s'approcher de la barre.

Pourtant, il ne rêvait que d'être timonier.

Il était autant que quiconque conscient des enjeux du moment. Il avait pris le soin de former ses propres opinions. Il connaissait les choix et il savait ce qu'il voulait. Il n'était ni ignorant, ni indifférent. Ceux qui, ce matin, lui intimaient silencieusement l'ordre de rentrer sagement dans les rangs en savaient quelque chose.

Mais il s'était jusqu'ici cloîtré dans le confort d'une abstraction douillette. Ses idées, ciselées à la perfection, moisissaient dans les recoins mousseux de sa conscience close. Et il évitait, constamment, de tester leur consistance en les soumettant aux souffles rugueux de l'opinion publique.

Le bouillonnement interne qui en découlait minait depuis déjà longtemps son existence. Il rêvait sans cesse d'alternatives, mais s'accommodait de vivre en l'état. Sa conscience souhaitait un nouveau monde, mais il ne faisait rien pour changer son vécu.

Tout au plus s'efforçait-il de vivre en bon citoyen, en accord avec ses principes.

« Changer la vie », à défaut de pouvoir « changer le monde », se disait-il en consolation… Mais à quel prix ? Pouvait-on vraiment se satisfaire de cette rigidité contrainte et douloureuse qui apaise notre conscience, mais nous empêche d'être en phase avec notre univers immédiat ?

De principe en principe, il avait fini par construire autour de lui un mur d'incompréhension. Et de silence en silence, il avait fini par compromettre sa pertinence. La différence qu'il voulait vivre s'était lentement muée en indifférence. Ses convictions non éprouvées l'avaient mené vers des choix controversés.

Il était piégé dans son absence, incapable d'atteindre le monde qui s'emballait autour de lui et l'emportait vers des destinations inconnues.

Mais il avait encore sa chance. Il avait un statut. On le respectait beaucoup. On l'admirait même. Sa réussite était une source de fierté commune.

On l'aurait certainement écouté s'il avait daigné descendre de son piédestal pour s'impliquer résolument dans l'édification du futur de la communauté. Non pas en le faisant à la dérobée comme semblaient le suggérer ce matin ses manières discrètes, mais plutôt en s'y prenant ouvertement et avec passion.

Pareil engagement représentait un prix incompressible qu'il fallait consentir à payer pour arracher aux mains des tiers les rênes de sa propre destinée. Un prix lourd, certes, mais qui, en échange, le réconcilierait avec son présent tout en lui ouvrant les portes du futur.

Mais il avait fait d'autres choix. Il voulait éviter les sentiers battus.

Ce matin encore, alors que tout apparemment s'y prêtait, il semblait très peu disposé à rejoindre ce qu'il appelait l'armée régulière. Il eût donné n'importe quoi pour éviter de se retrouver en face de ce groupe qui, pourtant, en apparence, venait plaider les mêmes causes que lui.

Car bien qu'ayant aujourd'hui le même ennemi, ils n'en étaient pas moins adversaires. Ils ne partageaient ni les mêmes objectifs ni les mêmes moyens. Leurs dissensions se situaient au-delà de l'obstacle commun qui se dressait aujourd'hui devant eux. Et elles subsisteraient, quelle que soit l'issue des événements capitaux qui les attendaient en cette journée remplie d'incertitudes.

Il se sentait mû par des impératifs qui transcendaient leurs préoccupations. Il n'était pas là pour représenter le peuple, mais plutôt pour exiger qu'on donnât enfin la parole au peuple. Il n'était pas là non plus pour penser pour le peuple, mais plutôt pour exiger qu'on lui permît de s'instruire de ce que pensait le peuple. Et, enfin, il n'était pas là pour proposer des solutions aux maux du peuple, mais plutôt pour revendiquer l'opportunité d'éprouver pleinement la douleur causée par ces maux.

Car il était perdu et savait peu. Il voulait communier et comprendre. Cette marche forcée à l'arrière-garde de l'histoire moderne, ces chutes répétées sur les marches du futur, ces coups du destin qui pleuvaient comme une grêle de malheurs. Il voulait les dépouiller du manteau opaque de la fatalité. Il voulait découvrir et dérégler leurs mécanismes hideux. Il voulait localiser et détruire le terreau fertile des faiblesses qui les alimentaient.

Et il leur reprochait, à eux qui le condamnaient aujourd'hui en silence, de vouloir, par-dessus tout, brouiller son regard en s'imposant comme des institutions incontournables. Des institutions qui, au fond, ne cristallisaient aucune des vérités puisées à cette source purificatrice qu'il recherchait éperdument.

Il leur en voulait de ne pas briser le miroir aux alouettes, d'être la représentation trompeuse de la volonté d'un peuple fantôme et d'être les instruments dociles d'un système ésotérique qui alimentait à rebours l'ignorance de ce même peuple.

Il leur reprochait de vouloir représenter un peuple qu'ils ne comprenaient pas et qui, en retour, ne les comprenait pas.

Parce qu'ils étaient devant alors que le peuple était derrière, très loin derrière. Si loin, en fait, qu'ils ne pouvaient ni s'entendre ni communiquer. Un immense fossé les séparait. Et ils formaient, ensemble, une procession dichotomique qui titubait de façon grotesque sous le regard amusé du reste du monde.

En même temps, il était lié à eux par la force d'une volonté qui le dépassait et contre laquelle, fort heureusement, il n'éprouvait aucun besoin de lutter. Ils étaient dans la même barque et il se sentait profondément solidaire d'eux.

Il savait que, si tous le voulaient, l'horloge du monde marcherait de nouveau au rythme de leurs cœurs. Ils redeviendraient maîtres du temps. Leurs rêves baliseraient une fois de plus l'horizon du monde.

Ils en étaient capables. Individuellement, il avait connu la grandeur. Il en connaissait le prix. Et il savait qu'elle était à la portée de l'effort qu'ils pourraient fournir en joignant leurs forces.

Seulement, il était indispensable pour cela que l'on brisât l'isolement dans lequel était recluse la majorité de la population. Il fallait, sur cette route du progrès, non plus traîner le peuple à la remorque, mais plutôt en faire le principal moteur de la marche.

C'était pour cela que, ce matin, il était venu plaider auprès de Serlet la levée de l'interdiction qui frappait la manifestation. Et c'était aussi pour cela que ces dignitaires et représentants qui attendaient avec impatience d'être reçus par Serlet lui paraissaient être de vrais intrus.

Autant il en voulait à Serlet de tenter habilement de les substituer au peuple, autant il leur en voulait d'être les instruments des desseins machiavéliques de l'administrateur, dont la seule hantise aujourd'hui était de préserver l'ordre.

Et il eût souhaité avoir la force d'aller vers eux et de leur parler pour leur ouvrir les yeux. Mais l'instant ne s'y prêtait guère. On ne pouvait espérer des hôtes de Serlet qu'ils ne prissent pas ombrage de ses critiques qui visaient directement un système qui leur donnait autant d'importance.

– Le Gouverneur vous attend, dit-il simplement, avant de se diriger résolument vers le couloir qui menait à la sortie du bâtiment.

La Vague Rouge

CHAPITRE 4

Le creux de la vague

Dehors, il trouva la foule massée en grand nombre devant les grilles de la résidence, tout occupée à manifester sa colère.

Il y avait là une multitude de gens, de toutes les ethnies et de toutes les classes sociales. La majorité était très jeune, bien qu'il y eût parmi eux des hommes et des femmes d'âge assez avancé qui formaient, par endroits épars, des îlots de calme.

Malgré le vacarme ambiant, l'atmosphère semblait très conviviale, surtout dans les rangs arrière. Certains, en effet, étaient venus par simple curiosité assister à un événement bizarre dont ils ne se fatiguaient pas à deviner la portée réelle. D'autres n'étaient là que par solidarité. La fureur qui enflammait les premiers rangs ne les consumait pas encore avec la même intensité, mais ils avaient jugé leur présence utile pour faire triompher certaines des idées qu'ils partageaient.

Et puis il y avait la foule de militants résolus et volontaires qui se serraient à l'avant. Ceux-là, par contre, étaient animés d'une ardeur qui semblait par moment friser l'hystérie. En plus des slogans qu'ils hurlaient à l'unisson, beaucoup d'entre eux brandissaient au-dessus de leurs têtes des tableaux bariolés de signes qui reprenaient, parfois avec virulence, les mêmes messages. Leurs cris et gestes semblaient rythmés par le roulement continu des tambours que maniait avec dextérité un groupe de batteurs déchaînés, à genoux à même le sol. Certains dansaient même, avec frénésie, enivrés par la cadence endiablée des tambours.

Diomaye laissa son regard traîner pendant un instant sur la foule. Le spectacle dont il avait pendant si longtemps rêvé s'offrait enfin à lui. Le groupe, jusqu'ici évanescent, auquel il voulait tant faire allégeance, prenait forme sous ses yeux.

Il allait enfin pouvoir se regarder en face comme dans un miroir, observer cette foule un peu comme s'il se regardait soi-même avec les yeux des autres, et identifier ces traits communs qui, seuls, captivaient les regards étrangers.

Mais être spectateur ne lui suffisait pas. Il avait, par-dessus tout, envie de communier. Il voulait dissoudre son être entier dans cette foule et en éprouver les moindres sensations. Il voulait ressentir et comprendre dans leurs moindres manifestations cette joie d'être ensemble qui semblait illuminer les visages, cette énergie commune qui faisait bander les muscles, et ces rêves partagés qui, en ce moment, enfiévraient les esprits. Il voulait toucher du doigt la passion de la foule, s'enflammer à son contact et se laisser consumer par elle.

A mesure cependant que ses yeux s'habituaient à la scène et qu'il en discernait les multiples détails, l'élan de son être projeté par ce désir de fusion s'affaiblissait. La foule, qu'il avait cru au début en mouvement, lui paraissait de plus en plus figée. Elle était retenue dans ses élans par des carcans encombrants qui l'immobilisaient jusqu'à la paralysie.

Sa chorégraphie était empruntée et ses chœurs sonnaient faux. Elle était visiblement à la merci d'institutions conventionnelles qui dictaient ses slogans, orchestraient ses humeurs et inspiraient toutes ses parures.

Des pancartes aux chansons, des foulards aux gesticulations, tout semblait relever d'une mise en scène réglée à l'avance avec la précision d'un métronome.

Il n'y avait donc ni surprise, ni inédit. Les rouges, les bleus, les verts et les arcs-en-ciel étaient tous là comme prévu, en grand nombre, exhibant fièrement leur codage chromatique. La majorité des slogans et des pancartes qu'ils brandissaient ne faisait que reprendre les thèmes favoris de leurs idéologies.

Diomaye pouvait donc, à mesure qu'il avançait dans la foule, constater avec un certain haut-le-cœur que ces thèmes exotiques, largement mal compris des militants, avaient complètement relégué au second plan l'enjeu de la rencontre. L'énergie considérable qui se dégageait de la foule était, à son grand regret, exclusivement canalisée vers des desseins à la fois aventureux et vains.

Sa déception était d'autant plus grande qu'il nourrissait une suspicion chronique à l'égard des sections politiques ainsi massivement représentées. Ces dernières, dans leur grande majorité, ne faisaient en effet que reprendre les multiples idéologies engendrées par le même système étranger qui, comble d'ironie, avait aussi logiquement abouti à la soumission et à l'exploitation du pays. Adopter ces courants de pensée revenait de fait, pour lui, à apprendre à manier une arme qui, en ce moment, était tournée contre eux.

Mais l'envoûtement était général et très peu de gens y échappaient. La règle implicitement admise par tous exigeait en effet, comme gage de crédibilité politique, la maîtrise et l'adoption d'au moins une de ces idéologies étrangères. L'amalgame entre les différents courants de pensée, par ailleurs monnaie courante dans la sphère politique, était même très acceptable, comparé à l'absence d'idéologie.

L'exotisme forcé qui résultait de cette tendance commune était de surcroît arboré comme une honorable distinction. Il contribuait, dans une large mesure, à amplifier le penchant très prononcé des hommes politiques locaux pour l'ésotérisme.

Armés de leur redoutable arme verbale, ils arrivaient systématiquement à s'aménager à moindres frais une sorte de piédestal, du haut duquel ils paraissaient presque intouchables. Leurs militants, littéralement mystifiés par leurs manières savantes, ne se posaient guère de questions sur leurs motivations ou leurs compétences. Un accord tacite, qui rendait caduque toute discussion de fond, semblait avoir été scellé, évitant de fait aux dirigeants politiques l'embarras d'avoir à expliquer leur science si avancée à un peuple en majorité analphabète.

Le jeu politique s'en trouvait ainsi réduit à sa plus basse composante : le clientélisme.

Jouant des coudes, Diomaye parvint à se frayer un passage à travers la foule. Il était en proie à une étrange sensation et avait hâte de rejoindre l'arrière de l'assistance pour s'y recueillir et reprendre ses esprits.

Il se sentait désespérément seul. L'incongruité de sa situation avait peu à peu fini par le submerger. Pour rien au monde, il n'aurait aimé en ce moment se trouver ailleurs. Mais, en même temps, cette présence tant souhaitée avait du mal à revêtir la forme d'une solidarité sincère.

Ses liens avec la foule lui paraissaient ténus. Au lieu de la communion qu'il avait espérée, il n'éprouvait en ce moment qu'isolement et solitude.

Ma place est bien ici avec eux. Mon destin est lié aux leurs. Même loin d'eux, je ne puis échapper à ce destin commun sans me renier et devenir autre. Or, devenir autre ne me tente guère. Je ne puis me lancer dans une telle aventure, car l'autre n'est pour moi qu'apparence ; je ne sais pas ce qu'il vaut.

Non ! L'exil, que ce soit parmi eux ou loin d'eux, est hors de question. Ce moment, cette déchirure, c'est mon vécu, mon existence à moi. Ce n'est pas un problème, c'est ma vie ; c'est la Vie.

Je ne puis m'éloigner d'eux parce que je ne les comprends pas, ou parce que je ne suis pas d'accord avec eux. Quoi qu'on fasse, on le fera ensemble. Les termes du choix sont clairs. Il s'agit soit de les convaincre, soit de me laisser convaincre.

L'heure est donc au dialogue. Mais cette fois-ci, il faudra choisir le bon langage. J'ai déjà assez donné dans l'ésotérisme. J'en ai assez de cette brume épaisse où mon peuple joue à cache-cache avec lui-même. J'en ai assez de cette sinistre diversion qui enferme notre destinée dans des cycles de misère.

Ce qu'il faut, c'est adopter un langage plus simple et plus concret. Ce qu'il faut, c'est donner la parole à ce peuple éploré et l'écouter balbutier nos vrais problèmes, hurler nos vraies ambitions.

Ces ambitions et ces problèmes sont les seules choses qui nous sont communes et qui peuvent, au-delà des contingences historiques, nous démarquer des autres peuples. Ils constituent le socle de notre identité et de notre union. C'est à travers eux que nous pouvons communier et souder notre peuple dans l'effort. Il faut donc les réduire à leur plus simple aspect et les rendre intelligibles pour tous. Il nous faut une conscience commune de notre propre identité et de notre propre réalité.

Qui sommes-nous et où allons-nous ? Nous devons faire en sorte que chacun d'entre nous soit conscient de l'importance de ces questions et contribue à leur apporter une réponse. Alors seulement pourrons-nous travailler ensemble à la réalisation de cette destinée commune.

Et nous le ferons en prêtant une oreille attentive au reste du monde, car la connaissance moderne est déjà très riche en solutions, et il ne serait pas judicieux de les ignorer. Mais le monde ne doit plus nous imposer la place qu'il veut en son sein. Nous devons nous y choisir notre propre place, y définir qui nous voulons être et travailler nous-mêmes à la réalisation de nos propres ambitions.

Ce long monologue le réconcilia un moment avec lui-même. A nouveau, il était convaincu que sa présence en ce moment pouvait être utile. Il existait bien une façon commune et cohérente d'agir efficacement, en collaboration avec cette foule.

Mais cette nouvelle certitude traînait hélas derrière elle d'autres doutes. Comment en effet initier ce dialogue de vérité qui lui semblait en ce moment être si indispensable ? Comment briser l'élan de cette foule que des discours irresponsables avaient catapultée vers des mirages sans lendemain ?

La tâche lui semblait si immense qu'il sentit à nouveau le désespoir l'envahir, rien qu'à y penser. Serlet avait bien raison. Au nom de qui pouvait-il parler ? Il était en ce moment insignifiant, complètement débordé par l'impressionnant mouvement populaire auquel il était venu prendre part.

La solitude tantôt éprouvée fit progressivement place à un sentiment de lassitude et d'impuissance. Un peu agacé, il leva la tête pour explorer du regard la foule massée devant lui et, soudain, son regard se figea. Devant lui, décalé un peu à sa gauche, mais lui faisant tout de même face, un homme se tenait debout, souriant, le regard fixé sur lui. A sa mine amusée, Diomaye comprit que l'homme l'observait depuis déjà un bout de temps. Mais bien qu'il l'eût reconnu, il ne lui rendit pas son sourire.

CHAPITRE 5

Le Club des Premiers

Les deux hommes se regardèrent un instant sans échanger aucun mot. Ils n'étaient visiblement pas surpris de se retrouver là. En même temps, être ensemble en ce moment semblait être la dernière chose qu'ils eussent souhaitée.

Il était hélas trop tard pour choisir de s'ignorer. Comme deux aimants, ils restèrent plantés l'un devant l'autre, s'observant en silence.

Ce fut Wagane qui, au bout de quelques interminables secondes, se décida enfin à parler.

– Je te croyais derrière nous, commença-t-il tout en détournant son regard vers la foule.

Il semblait légèrement distrait par quelque banale scène qui se déroulait à quelques pas de l'endroit où ils se tenaient.

– Comme tu le vois, je suis en effet derrière vous. Au sens propre comme au sens figuré. Tu ne m'aurais pas trouvé là si j'étais contre cette manifestation.

– Dans ce cas, ta place est non pas ici, mais à l'avant. Nous avons déjà assez de figurants. Ce qui nous manque, ce sont des gens de ton calibre pour rassurer et galvaniser cette foule que je sens encore fragile, malgré son exubérance.

– Je ne suis ni un figurant, ni un militant, et je ne vois pas l'intérêt qu'il y aurait à choisir en ce moment entre les deux. Il me semble qu'il nous est possible de partager certaines convictions et de les défendre ensemble, tout en respectant nos désaccords. Ma présence ici ne te donne pas raison sur tout. Et d'ailleurs, même si c'était le cas, je ne vois pas ce qui me donnerait le droit à moi, plus qu'à un autre, d'arborer ce statut de dirigeant que tu me proposes. Je maîtrise peut-être comme toi les formes, mais la substance, aujourd'hui, c'est eux. Tu devrais pour une fois te taire et les écouter.

– Moi, je veux bien les écouter, mais penses-tu vraiment qu'ils savent ce qu'ils veulent ou du moins ce qu'il leur faut ? Tu as quand même côtoyé ce peuple et tu n'ignores pas le fossé qui le sépare de la réalité du monde actuel. Ils n'ont aucune idée de l'origine réelle de leurs maux. Le monde qui les écrase s'articule autour de concepts auxquels ils n'ont pas été exposés. Comment veux-tu qu'ils puissent lui apporter une réponse adéquate ? Ton idéalisme est ridicule parce qu'il fait grossièrement abstraction de la plus claire des évidences.

– Si vraiment ils sont aussi décalés que tu les décris, il me semble que la solution est non pas de les faire taire en les campant dans des idées importées, mais plutôt de trouver le moyen de les rapprocher de la réalité. Qu'est-ce qui te fait qualifier cette entreprise d'utopie ?

– Ce n'est une utopie que si, comme tu le prétends, elle doit être leur œuvre exclusive.

Diomaye décida de ne pas répondre à cette dernière provocation. On sentait clairement que la conversation ne l'enchantait pas. Comme à leur habitude, ils avaient atterri, sans préambule, sur un sujet qui, depuis des lustres, les opposait. Il ne lui semblait pas opportun à ce moment-là de déterrer de part et d'autre les mêmes vieux arguments que même le temps n'était pas arrivé à oxyder.

Wagane, cependant, semblait un brin plus revigoré par le cours des événements et était peu disposé à lâcher prise de sitôt.

Après tout, il avait de quoi triompher, lui qui, après avoir prononcé un discours fortement applaudi par l'assemblée, avait surpris son frère ennemi, esseulé et livide de désespoir, à l'arrière de la manifestation. N'était-ce pas là la meilleure illustration de son triomphe ? Il reprit avec condescendance :

– Allons, ne fais pas cette mine. Je ne voulais pas vraiment remettre sur la table la discussion favorite du club. Ce moment appartient au peuple. Ne le perturbons pas avec nos contradictions internes.

Diomaye nota avec agacement l'insistance avec laquelle Wagane semblait vouloir s'associer à lui. L'allusion au club, en particulier, l'irritait au plus haut point. Il avait donné sa démission depuis longtemps et ne se considérait désormais plus comme membre du groupe. Mais le club, comme à son habitude, faisait preuve d'arrogance en ignorant sa volonté.

Pouvait-on cependant s'étonner de cette attitude ? Le Club des Premiers était après tout omnipotent. En être membre était un privilège rare qu'on ne pouvait imaginer refuser.

Comme le suggérait son patronyme pompeux, c'était une structure très sélective qui regroupait l'élite intellectuelle du pays. Y adhérer représentait pour des cadres comme lui et Wagane une immense consécration.

Wagane, en particulier, considérait son appartenance au club comme une distinction rare qui, de fait, lui conférait un statut social majeur.

Il avait, comme Diomaye, eu le rare privilège de poursuivre ses études supérieures en Occident. A la fin de son cursus, il était revenu au pays avec un bagage intellectuel hétéroclite qu'il exhibait partout fièrement.

Le club, à son retour, l'avait accueilli à bras ouverts. Il en était la représentation la plus parfaite. Son séjour en Occident l'avait muni d'atouts certains dont il usa sans ménagement pour s'imposer au sein de la structure. Son adhésion et les aspirations qui s'en suivirent ne furent ainsi jamais contestées.

Très averti de l'extrême sensibilité de ses camarades à l'égard de tout ce qui venait d'Occident, il ne tarissait jamais d'allusions à son expérience outre-Atlantique. Ses discours estampillés « métropole » en imposaient par leur sophistication et leur exotisme. Il faisait briller sans retenue ses paillettes partout où l'occasion se présentait, snobant au passage, avec application, tous ceux qui n'avaient pas collecté autant de diplômes que lui.

Il était aussi très beau parleur et, en véritable spécialiste de l'emphase et des mélodrames, il faisait feu de tout bois et parvenait toujours, avec aisance, à donner une apparence épique à ses interventions les plus futiles.

En très peu de temps, il parvint ainsi à se hisser très haut dans les rangs du club.

Diomaye, à l'opposé, n'avait manifesté aucun intérêt spontané à l'égard du club. Avec politesse et fermeté, il avait, de façon constante, repoussé toutes les offres qui lui avaient été faites de rejoindre le cercle restreint de l'élite autoproclamée.

Cette attitude, bien sûr, lui attirait toutes sortes de reproches, surtout de la part de cadres comme Wagane qui, eux, revendiquaient fièrement leur engagement. Mais il s'en était jusque-là tenu à une seule ligne de conduite, qui consistait à n'entretenir que des rapports circonstanciés et sélectifs avec la structure en question.

Il n'en était pas membre et ne se considérait pas comme tel. Mais il avait accepté de bonne grâce de se mêler à certaines de leurs activités.

Le spectacle de Wagane haranguant avec verve la foule lui rappelait ainsi avec acuité la toute première occasion qu'il avait eue de croiser le fer avec les membres du club. Invité par Wagane à animer une conférence portant sur l'avenir agricole de la colonie, il avait, devant une assistance fournie à l'allure très distinguée, donné un exposé de ses travaux de recherches.

Ceux dans le public qui prêtèrent une attention soutenue à son discours durent noter l'insistance avec laquelle il s'était appliqué à pointer du doigt les dangers d'une poursuite de la politique agricole des occupants. Ces derniers, pensait-il en substance, n'avaient pas les mêmes objectifs que les autochtones. La colonie était pour eux un objet d'exploitation et ils la traitaient comme tel.

L'activité agricole n'était qu'une simple réponse à une demande extérieure et temporelle de matières premières. Elle obéissait à un modèle d'économie de rente qui mettait le pays à la merci des industriels occidentaux et des cours mondiaux.

Un tel raccourci économique ne pouvait, selon lui, être source de progrès social. Il confinait les paysans qui, par ailleurs, constituaient la grande majorité de la population, à la production ou à l'extraction de matières premières, tout en les excluant de leur transformation et de leur consommation.

Ainsi, le paysan, dans la vision d'alors, était une simple ressource qu'il fallait spécialiser et exploiter à fond. Il était de surcroît une ressource bon marché parce qu'il travaillait beaucoup et se contentait de peu, du fait même qu'on lui refusait l'accès au progrès.

On ne s'inquiétait de son bien-être que dans la mesure où cela permettait de le rendre plus productif. Bien entendu, on s'appliquait en même temps à nous faire croire que sa condition était la meilleure qu'il puisse espérer, vu ses limitations intellectuelles. On nous invitait à embrasser ce système qui, semblait-il, était le plus optimal, étant donné le niveau d'instruction de notre population.

Mais cet alibi de type féodal ne tenait plus dans l'époque moderne où nous vivions. On n'avait en fait besoin d'une énorme masse de paysans que si l'on refusait d'investir dans des moyens de production plus évolués et plus efficaces.

Ceux pour qui ce pays était aussi une patrie devaient avoir à cœur de créer un véritable cadre de vie favorable à l'épanouissement de l'ensemble de ses habitants.

On ne pouvait pas construire une nation moderne, souveraine et prospère avec une masse de paysans. Par delà l'enrichissement nominal que pouvait, dans le court terme, procurer le commerce de produits agricoles, il fallait veiller à l'augmentation du pouvoir d'achat réel du peuple.

Et d'ailleurs, comment espérer élever le niveau de vie d'une population réduite à un travail saisonnier qui ne l'occupe que trois mois de l'année ?

Le secteur agricole devait se moderniser au plus vite et se délester de cet excédent anachronique de main-d'œuvre. Il fallait cesser de confiner le paysan dans sa fonction d'ouvrier agricole et l'aider à développer d'autres aptitudes.

En même temps, il était possible de créer les conditions d'un développement endogène en intégrant la filière agricole et en développant des industries annexes. Les pays acheteurs et consommateurs des produits locaux étaient économiquement plus puissants non pas parce qu'ils avaient des ressources naturelles, mais plutôt parce qu'ils savaient faire travailler efficacement leur population. C'était principalement leur savoir-faire qui leur permettait de faire travailler toute leur population active, pour transformer nos propres ressources avant de nous les revendre à des prix beaucoup plus élevés.

L'assistance, un peu médusée par la hargne et la passion que manifestait l'orateur, avait accueilli son discours avec chaleur. Il avait été applaudi frénétiquement pendant plusieurs minutes et Wagane, rayonnant, s'était précipité pour lui donner une longue et ferme accolade.

Avec fierté et emphase, il lui avait signifié combien le pays était fortuné de le compter parmi ses fils et, à bout de compliments, avait décidé, au pied levé, de le proposer comme président de la nouvelle commission agricole qu'il allait, sans tarder, mettre sur place.

Les protestations sincères de Diomaye furent interprétées par ceux qui y prêtèrent attention comme une marque de modestie, bien compréhensible en pareille situation. Wagane, en un tour de main magique, venait, dans son entendement, de faire de lui un membre du club.

Le cocktail qui s'ensuivit donna à Diomaye l'occasion de rencontrer plusieurs personnalités du club. Tiré par Wagane, il fit le tour de la foule, échangeant des poignées de main fébriles et s'arrêtant parfois pour discuter avec certains personnages que son guide trouvait particulièrement « intéressants ».

Malgré les assurances de son ami, l'intérêt que pouvaient présenter certains de ces personnages ne paraissait pas cependant très évident à Diomaye. Tout en échangeant des politesses, il s'était efforcé, en toute bonne foi, de percer les secrets de l'enthousiasme de Wagane à leur égard.

Ce qu'il finit par noter après quelques-unes de ces rencontres, c'était que ses nouvelles connaissances n'étaient pas avares en compliments. Certains donnaient même clairement dans l'excès.

A les écouter cependant, l'objet de leur admiration semblait être non pas le contenu, mais plutôt la forme du discours de Diomaye. D'aucuns soulignaient l'aisance du verbe et lui demandaient avec humour pendant combien de temps il avait pratiqué son allocution.

Beaucoup voulaient en savoir plus sur son parcours universitaire et s'empressaient de déballer le leur. Les études et la durée du séjour en Occident étaient toujours soulignées avec insistance. On ne se faisait pas prier pour égrener les chapelets de diplômes que beaucoup portaient fièrement en bandoulière, comme gage de leur présence méritée dans un cercle si relevé.

En somme, chacun promenait sa propre statue et tenait à la planter sous le nez de la nouvelle recrue. Il ne fut, à aucun moment, question de revenir sur la teneur du discours lui-même, pour exprimer son accord, demander des explications, ou simplement soulever des objections.

Ainsi, le débat, qui avait été la principale motivation de Diomaye, n'eut jamais lieu.

Las et désenchanté, il avait abrégé son tour de reconnaissance et s'était assis un peu à l'écart après s'être servi à la hâte au buffet dressé pour l'occasion. Il avait de nouveau envie d'être seul. Les réactions qu'il avait reçues l'avaient complètement dérouté et l'agitation autour de lui ne faisait qu'augmenter son trouble.

Pourquoi avait-il accepté cette invitation en espérant un vrai débat ? Pendant tout le temps qu'ils s'étaient connus, Wagane et lui n'avaient jamais eu de débat profond sur quoi que ce soit. Il semblait à Diomaye que son ami avait toujours des positions vagues sur tout et manifestait très peu de zèle à les défendre. Bien au contraire, il les changeait à volonté et ne leur restait fidèle que dans la mesure où elles le rapprochaient de ses objectifs de l'instant.

Quoi d'étonnant donc qu'une organisation qu'il dirigeait presque en ce moment lui emboîtât le pas ? Si vraiment les débats de fond avaient été importants dans ce club, on ne voit pas comment l'ascension de Wagane eût pu être aussi facile.

Il était ainsi occupé à ressasser ses doutes lorsque, soudain, une voix qu'il ne reconnaissait pas l'interrompit.

– Quelle honte ! s'exclama la voix, semblant lire dans ses pensées.

Diomaye avait sursauté et relevé la tête. L'homme qui venait de s'exprimer ainsi s'était, à sa surprise, déjà installé à l'autre bout de la table, lui faisant face. Le visage de l'intrus était figé dans un sourire espiègle qui semblait d'autant plus déconcertant à Diomaye qu'il ne pouvait se rappeler l'avoir jamais vu auparavant.

– Ce club ! avait repris avec fermeté la voix. Cette élite ! Un vrai œdème planté sur la face de l'Afrique. La réaction cutanée du continent à cette gifle historique que lui a infligée l'Occident. Ce n'est pas, comme on l'aurait souhaité, un muscle qui se tend. C'est une douleur qui se rétracte ; une honte qui se banalise. Un organe mort, sevré de vie et qui ne nous servira jamais à rien !

– Vous êtes trop dur, Monsieur…

– Oh vous, je vous en prie, ne faites pas l'hypocrite, voulez-vous ? Vous savez aussi bien que moi de quoi je parle. Oui, oui, parfaitement, vous m'avez bien compris. Et puis ce club, c'est moi-même qui l'ai créé et je serais le premier à le défendre s'il le méritait. Absolument ! Le premier, Monsieur !

Le vieil homme avait prononcé ces derniers mots avec une fierté appuyée et manifeste. On sentait que c'était là sa carte de visite et qu'il voulait l'utiliser pour parer au manque de sérieux que suggéraient ses manières bouffonnes. Mais Diomaye, encore incertain de la lucidité de son interlocuteur, avait repris avec condescendance :

– Vraiment, vous faites partie des membres fondateurs de ce club ?

– Non, Monsieur, je suis *le* fondateur de ce club. Oui, oui, parfaitement. Moi, Malang Kor, vieux professeur de droit à la retraite qui, en ce moment, vous enquiquine avec impudence. C'est moi qui l'ai créé de toutes pièces. Avec cette tête et avec ce cœur !

– Eh bien, Professeur Kor, excusez mon attitude de tout à l'heure. Vous m'avez pris par surprise. C'est un honneur de faire votre connaissance.

– Oui, avait repris le professeur comme s'il n'avait rien entendu. J'ai créé ce monstre. Le coupable, c'est moi.

Il avait paru tout à coup très triste et s'était tu. Diomaye, de plus en plus dérouté par les sautes d'humeur du vieil homme, s'était fait consolant.

– Un monstre, ce club ? Voyons, vous exagérez ! Il y a certes des choses à changer, mais, dans l'ensemble, je trouve que c'est une excellente idée de rassembler l'élite de ce pays et de la faire communier.

– Une bonne chose ? Vous intéressez-vous à l'astronomie, Monsieur ? Avez-vous entendu parler de phénomènes appelés trous noirs ? Eh bien, c'est un trou noir que j'ai créé, Monsieur. Il absorbe et anéantit tout autour de lui. Vous allez regretter de vous en être approché. Il va vous avaler et vous anéantir.

– Je pense que vous avez tort d'être aussi pessimiste, Professeur. Pour moi, cette organisation est une institution respectable, car elle est née d'une idée noble. Cette idée est la vôtre et vous devriez en être fier. Je suis d'accord avec vous : elle a subi une certaine aliénation qui, aujourd'hui, la fait paraître quelque peu décevante. Mais l'esprit qui vous animait au moment de sa création est toujours vivant. Nous en sommes la preuve, vous et moi. Si ce club ne vous a pas « anéanti » au bout de trente ans, comment voulez-vous qu'il efface mes convictions en si peu de temps ?

– Mon fils, c'est justement cela le drame, admit le vieil homme d'une voix éplorée. Je n'ai plus de convictions. Les vérités que je ressens au fond de moi se désintègrent au contact de la réalité qui nous entoure en ce moment. Ce club est pour moi une constante négation. Ils ne me donnent même plus la parole. Ils me ridiculisent avec acharnement à chaque fois que l'occasion se présente. Je suis, selon eux, l'illustration parfaite de ce qu'ils appellent « l'échec de la vieille génération ».

Il se tut un moment, puis ajouta, un peu comme un aveu :

— Ils me traitent même de fou.

— Professeur, n'en faites pas un drame, je vous prie. La réalité est qu'il y a bel et bien un conflit de générations qui sépare nos groupes d'âge sur certaines façons de parler et d'agir. Mais ce conflit ne repose pas sur une comparaison objective de nos facultés intellectuelles. Pour moi, ce club est avant tout un cadre d'action. Sans trop vous connaître, je dirais que vous me semblez un brin trop nostalgique. C'est peut-être pour cela que le présent vous semble un peu incommodant. Votre combat, cependant, je le répète, est toujours d'actualité.

— J'évoque des problèmes de fond et Monsieur me parle de manières, répondit avec irritation le vieil homme. Mais ouvrez donc vos yeux ! Ils sont tels que j'étais à leur âge. Je les comprends sans effort et ce qui me désespère en ce moment, c'est de ne pas pouvoir leur éviter les erreurs que j'ai commises par le passé. Ils sont animés d'une vieille hantise que je connais mieux que personne, car c'est elle qui m'a perdu. Ils veulent tous les jours prouver qu'ils peuvent réussir là où les étrangers ont réussi. C'est ça l'œdème. Cet effort permanent de se mesurer aux occupants et de se confronter aux mêmes défis qu'eux. Ils tirent leur légitimité de leur capacité à battre les Occidentaux sur leur propre terrain. C'est là une forme de suprême exploit qui inspire crainte et respect. Leur lutte pour l'indépendance se résume à bouter les étrangers hors du pays et à prouver au monde entier qu'ils peuvent faire la même chose qu'eux. Parfois même mieux ou pire qu'eux.

Il se tut un instant, comme pour reprendre son souffle, puis ajouta avec dépit :

– Mais vous ne valez pas mieux avec vos discours savants…

– Moi ? Et comment cela ?

– Eh bien il était évident, en vous écoutant parler, qu'une de vos motivations principales était de les éblouir par votre niveau de maîtrise de la langue française. Vous aviez peut-être peur qu'ils ne vous écoutent pas le cas échéant, et vous n'aviez pas tort. Ici, les bonnes idées sont celles qui s'expriment dans un français fleuri. En souscrivant à ces normes, vous les avez cependant divertis de la substance même de votre discours. Dieu sait pourtant que vous aviez des choses importantes à dire. Mais, comme vous voyez, votre lâcheté vous a perdu.

– Vous êtes injuste avec moi. Mes ambitions à l'égard de ce club sont très limitées et j'ai été honnête dans mon allocution. J'avoue cependant que parler français n'est pas une décision sur laquelle j'agonise. Je récuse ce fascisme de salon qui nous confine dans un rejet systématique de tout ce qui est étranger. L'œdème, c'est aussi cela. Cette honte inutile que nous avons d'embrasser avec fierté tout ce que nous trouvons utile et admirable chez l'autre. Les Grecs ont bien copié les Egyptiens, après tout ! Et cela n'enlève rien à leur mérite d'avoir poussé la science plus loin. La connaissance est universelle et même la culture que vous voulez aujourd'hui protéger est le fruit d'un long et complexe métissage. Il est très dangereux de vouloir se recroqueviller sur des cultures fermées. Et il est aussi grand temps de se montrer plus agressif et de cesser de subir ce monde. Nous devons être sur l'offensive et prendre ce qui nous est utile, plutôt que d'épuiser notre énergie à protéger ce qui ne nous est plus utile. Ce qu'il faut déplorer, c'est plutôt cette absence d'identité, qui nous empêche d'utiliser à bon escient ce que nous avons le droit d'emprunter chez l'autre.

– Vous avez touché du doigt le fond du problème. La majeure partie de cette assemblée ne partage cependant pas votre lucidité. Regardez-les avec leurs airs sérieux et confidents. Ils donnent l'impression de savoir où ils vont, mais, en vérité, l'Occident qu'ils prétendent rejeter est leur seul point de mire. Cette absence d'identité que vous décrivez, ils ont le malheur de ne pas la ressentir. Ce qui les condamne à une course-poursuite grotesque, rythmée de regrets et de reproches. Ils ne retrouveront leur sérénité que lorsqu'ils auront, comme vous et moi, découvert et assumé cette absence.

– Avec tout le respect que je vous dois, Professeur, vous ne me paraissez pas très serein en ce moment… Mais j'avoue que je ne vous connais pas assez pour bien apprécier votre humeur.

– Avouons, pour être franc, que votre présence ici m'a, dans un premier temps, profondément troublé. Vous ne me connaissez peut-être pas, mais cela fait longtemps déjà que je vous observe, et je dois dire que vous m'aviez toujours impressionné. Votre refus d'intégrer ce club était pour moi une consécration de ce caractère qu'on vous attribue et que j'admire tant. Mais, au fond de moi, j'étais toujours convaincu que votre dissidence allait prendre fin et que, comme tant d'autres, vous alliez un jour intégrer les rangs. J'ai cru aujourd'hui, en vous voyant parler, que ce jour était arrivé.

– Professeur, l'élite de mon pays est le produit d'un système qui privilégie la sélection au détriment de l'éducation. Il semble admis que pour recevoir une bonne éducation, il faut d'abord compter parmi les sélectionnés. Je n'adhérerai jamais à un tel élitisme. L'éducation du peuple est pour moi primordiale, car je ne puis imaginer notre nation atteindre la destinée que je lui souhaite sans l'aide de ce peuple. C'est pour cela que j'ai décidé de m'y consacrer à part entière. Voilà la raison profonde de ma dissidence et rien aujourd'hui n'est venu la remettre en question. Je n'ai rien contre cette assemblée, mais je pense que j'ai plus à apporter à ceux qui, actuellement, sont exclus de l'effort.

Ces derniers propos avaient eu sur le vieil homme un effet apaisant. Pour la première fois depuis le début de la conversation, il s'était mis à sourire. Il semblait émerveillé par sa trouvaille et la couvait d'un regard à la fois tendre et grave.

Diomaye, de son côté, avait jugé bon de garder le silence. Le vieil homme venait sans ménagement de fouiller son âme et de secouer ses convictions les plus profondes. L'attaque l'avait profondément troublé et bien que, dans l'ensemble, il eût fait face de façon honorable, il ressentait après coup un besoin intense de recueillement.

C'est sur ces entrefaites que Wagane, entouré d'une bande de copains hilares, avait surgi de nulle part et s'était installé sans façon à la même table. Presque aussitôt, et sans mot dire, le vieux professeur s'était levé d'un air calme et digne pour s'éloigner. Il ne prit même pas la peine de saluer Diomaye, bien que celui-ci se fût levé à sa suite. Ce dernier, contrarié, s'était rassis et avait suivi d'un regard amer la forme voûtée du vieillard se perdre dans la foule.

CHAPITRE 6

Le château des Marais

La mémoire de l'étrange vieillard hanta pendant longtemps l'esprit de Diomaye. L'échange sincère qu'ils avaient eu leur avait permis de soulever sans pudeur un pan de la déchirante tragédie qu'ils vivaient en commun.

Le club, en réalité, était un immense et douloureux gâchis. L'impressionnant réservoir de talents qu'il couvait se consumait dans une débauche d'hédonisme et de narcissisme sans issue.

Le spectre de cette même tragédie planait à présent sur la manifestation. L'énergie considérable qui irradiait la foule aurait en effet permis, en d'autres occasions, de faire bouger des montagnes. Mais elle s'était d'elle-même empêtrée dans des clichés sans substance et semblait destinée à se perdre dans les marécages de la vanité humaine.

La menace était d'autant plus réelle que Wagane et ses congénères semblaient avoir totalement pris le contrôle de la foule. Très au fait de l'aspect superficiel des allégeances idéologiques, les membres du club avaient décidé d'avoir une présence très dispersée dans l'arène politique. Du fait même de leur supériorité intellectuelle, ils étaient accueillis partout comme des messies et se voyaient catapultés sans effort vers les sommets. Ce tremplin naturel leur permettait de s'assurer une représentation très substantielle dans l'exécutif politique et d'exercer une influence notoire sur toutes sortes de mouvements populaires.

Il était donc aisé pour Diomaye de deviner les raisons de l'enthousiasme de Wagane.

– Il a belle mine aujourd'hui, le club, ironisa Diomaye au bout d'un long silence.

– Encore une fois, il ne s'agit pas vraiment du club. Ce moment appartient au peuple. Nous, nous ne faisons que l'encadrer.

– Vraiment ? Et tu penses que ce type de message reflète fidèlement ce que le peuple ressent en ce moment ? Il pointait un doigt accusateur sur une des pancartes qui affichait en lettres grasses : « Lécuyer, voleur ! Non au bradage de nos terres ! ».

Un certain Lécuyer semblait en effet lié de façon directe à la vindicte de la foule. Son nom, entouré de qualificatifs peu enviables, apparaissait sur plusieurs pancartes brandies avec hargne au milieu de la place.

Diomaye, à bien des égards, nourrissait aussi de profonds griefs à l'égard du personnage. Mais, loin de le rassurer, la vue des pancartes le confortait au contraire dans l'idée que les manifestants étaient manipulés dans un but très précis.

En même temps, l'allusion à Lécuyer était trop claire et trop prépondérante pour être ignorée. Pour un observateur non initié, cette mise à l'index était même très logique, étant donné la nature des événements qui s'étaient récemment succédé dans la localité.

Pour bien comprendre l'origine et les enjeux de la colère qui animait aujourd'hui la foule massée devant la résidence du

Gouverneur Serlet, il fallait prendre la mesure de l'importance de Lécuyer dans la région.

On connaissait peu de la vie qu'avait menée le personnage avant d'apparaître un beau jour dans la région pour occuper les fonctions d'intendant dans le domaine agricole du père Monchallon.

On se rappelle qu'à l'époque, ce dernier avait visiblement beaucoup de mal à diriger avec efficacité les indigènes qu'il employait dans sa ferme. Le grand intérêt qu'il nourrissait pour les activités agricoles était souvent en conflit avec les exigences de ses nombreuses fonctions. En plus de ses responsabilités de religieux, il était aussi le médecin attitré de la région.

Son grand rêve avait toujours été de construire une ferme moderne qui emploierait la main-d'œuvre locale et servirait en même temps d'exemple pour la modernisation de l'agriculture dans la région. Mais, malgré toute sa passion, il n'était pas parvenu, après plusieurs années, à atteindre son but.

L'échec ainsi constaté l'avait poussé à rechercher les services d'un homme comme Lécuyer. Ce dernier, de son côté, avait reconnu en son partenaire le pivot vital qui allait lui permettre de renverser le cours douloureux qu'avait jusque là emprunté sa vie. A l'opposé du père Monchallon, dont l'image soignée ne laissait subsister aucun doute sur son ascendance distinguée, il ne pouvait, lui, se réclamer ni d'une bonne naissance ni d'une éducation décente. Cette infortune originelle l'avait très tôt amené à voir dans la vie un fardeau. Et cela, à juste titre puisque, jusqu'au jour où il mit pied dans la localité, la réussite n'avait jamais daigné lui sourire.

L'Afrique, à bien des égards, avait été sa dernière carte à jouer. Il y était venu dans l'espoir de voir fondre la malédiction qui, depuis sa naissance, l'avait arrimé au ban de sa société. Mais même ici, loin du creuset de ses souffrances, son parcours avait été dans un premier temps jonché de poncifs. La société de ses semblables lui était demeurée fermée. Ses rares amis se trouvaient parmi les indigènes et cela ne faisait que le contrarier davantage et ajouter à son aigreur.

La rencontre avec le père Monchallon fut donc une véritable aubaine et il accepta, dans un premier temps, toutes les conditions que lui imposait ce dernier, sans sourciller.

Mais les deux hommes étaient malheureusement trop différents pour s'entendre longtemps. L'idée qu'ils se faisaient du projet qui les avait amenés à unir leurs forces n'était pas la même. Leurs perceptions des rapports qu'il leur fallait entretenir avec les indigènes étaient aussi irréconciliables.

Le père Monchallon s'imaginait jardinier. La savane sauvage d'Afrique était son jardin et il était venu y semer des germes d'espoir. Ses actions étaient toutes empreintes d'un altruisme certes nourri de préjugés, mais sincère.

C'était un homme en mission et ses objectifs étaient si clairs qu'ils l'empêchaient de voir la réalité autour de lui. Il venait apporter à « un peuple sorti de la nuit des temps » une parole vieille de deux millénaires. La question de savoir pourquoi il était venu si tard ne le préoccupait pas outre mesure.

Le jour de son arrivée marqua le début d'une nouvelle ère. Bien qu'il n'y eût ni déluge ni éclairs déchirant le ciel, les gens de la contrée, restés jusque là des « enfants », furent subitement appelés à se comporter en adultes. Ils devaient maintenant rendre compte de leurs actions au Tout-Puissant.

« Vous n'êtes plus des enfants, leur prêchait-il, Dieu a maintenant le regard tourné vers vous ».

Mais il lui fallut hélas compter avec la spiritualité locale. La manière dont celle-ci avait façonné les esprits faisait peu de place à la crainte dans les rapports avec le Maître de l'univers. Pour sauver les âmes, il n'avait en fait trouvé d'autre recette que de commencer par prendre soin des corps.

La grâce que promettait son message prenait davantage de relief lorsqu'on l'associait aux vertus de la pénicilline. Et l'amour du prochain qu'il enseignait n'avait plus rien d'abstrait quand on voyait avec quels dévotion et désintéressement il s'occupait des malades de toute origine et de toute race.

Son attitude lui valut quelques adeptes et, de manière plus générale, le respect de l'ensemble des membres de la communauté. Chose très naturelle, il ne s'en départit pas lorsqu'il décida de créer sa propre exploitation agricole.

Mis à part le besoin de satisfaire une passion personnelle pour la botanique, son objectif premier fut de partager son savoir-faire avec les populations locales. Il adopta par conséquent des méthodes de gestion très libérales, qui privilégiaient délibérément l'éducation et la formation, au détriment de la productivité.

Mais, comme on pouvait s'en douter, le désir de tout partager aboutit très rapidement à une incapacité de contrôle. Malgré les progrès réels constatés chez la plupart de ses employés, quelques brebis galeuses infiltrées dans le lot s'ingénièrent avec acharnement à fausser la discipline du groupe.

Lécuyer fut donc appelé à la rescousse. Un peu comme on transmet un bien précieux à un héritier, le père Monchallon lui remit les clés de la propriété et, avec elles, tous ses rêves restés encore intacts.

Il est à noter que Lécuyer, à qui l'on ne connaissait pas une once de spiritualité, ne réalisa jamais la portée des projets de son employeur. Ce qui advint par la suite fut donc, dans une large mesure, le résultat d'un véritable quiproquo, plutôt que d'une intention délibérée de nuire.

Toujours est-il que l'attelage qu'on lui remit ne tarda pas à s'emballer dès qu'il en prit les rênes. La discipline fut certes rapidement rétablie, mais, au passage, les rêves du prêtre pionnier furent tous piétinés sans ménagement.

Du jour au lendemain, les méthodes de gestion auxquelles étaient soumis les ouvriers agricoles changèrent radicalement. Leur travail se retrouva tout d'un coup dépouillé de toute complexité et perdit par la même occasion tout son intérêt. Il ne leur était plus demandé que d'exécuter à répétition des tâches simples et précises, sans se reposer ni se poser des questions. En échange de cela, ils recevaient un pécule extrêmement maigre, mais justifié, semblait-il, par la très faible valeur ajoutée de leur prestation. Toute possibilité de faire plus ou de gagner plus leur était désormais refusée.

En plus de cette révision à la baisse de leurs ambitions, ils se retrouvèrent aussi régulièrement soumis aux exactions de Modou Caporal, le bras droit de Lécuyer. Cet ancien tirailleur, fainéant et beau parleur, n'inspirait que méfiance au père Monchallon. Ce dernier le soupçonnait d'avoir inspiré plusieurs actes de sabotage et de désobéissance, du temps où il s'occupait lui-même directement de la gestion du domaine. Et c'est avec beaucoup de surprise qu'il apprit, peu de temps après avoir passé le témoin à Lécuyer, que ce dernier avait chargé l'employé le plus fourbe de la maison du recrutement, de la supervision et de la paie des ouvriers.

Modou Caporal, de son vrai nom Modou Ndiaye, s'était en effet très tôt attiré les faveurs de Lécuyer en s'adonnant à la délation. Il avait, dès le début, dénoncé sans scrupules un grand nombre de ses camarades qui avaient émis des objections à l'application des nouvelles méthodes préconisées par l'intendant. En guise de récompense et aussi pour combler ses lacunes en matière de communication, Lécuyer en avait aussitôt fait son bras droit exclusif et omnipotent.

En vrai parvenu, Modou Caporal usa de ses pouvoirs avec l'excès qui caractérise toute autorité illégitime. Sa principale hantise, semblait-il, était de perdre ses privilèges. Par conséquent, toute son énergie fut d'abord consacrée à plaire à Lécuyer et à semer la terreur parmi les ouvriers.

Cette attitude le poussait régulièrement à infliger des traitements inhumains à ses ouvriers. Ignorant, il voyait dans toute opinion contraire à la sienne ou à celle de son maître un geste de rébellion à réprimer. Très méfiant, il délégua aussi tous les postes de subalternes à ses proches sans se soucier nullement de leurs compétences. Enfin, peu enclin à reconnaître la valeur du travail, il usa de toutes les astuces possibles pour dépouiller les ouvriers du fruit de leur labeur. D'abord en détournant de plus en plus l'argent de leur paie, puis, de manière plus sournoise, en s'octroyant, avec l'aide de Lécuyer, le monopole du commerce de produits importés, dont raffolaient les habitants de la localité.

Les pauvres ouvriers, gagnés comme bon nombre de nos compatriotes par la vague du matérialisme, ne cessaient de s'approvisionner à crédit chez lui. Ce qui les enfermait dans un cercle vicieux et les condamnait à être à perpétuité à la solde du spoliateur.

Tout ceci se passait bien entendu sous le regard bienveillant de Lécuyer, qui ne bougea jamais le plus petit doigt pour intervenir tant que ses intérêts étaient sauvegardés. Les ouvriers, bien que mécontents, n'avaient d'autre choix que de s'exécuter. Ceux qui partaient ou se faisaient licencier étaient remplacés par d'autres, plus dociles. La productivité augmentait et Lécuyer, dont la rémunération était liée à ce critère, voyait son salaire s'améliorer. En plus de cela, le commerce florissant de Modou Caporal, dont il était le principal fournisseur, lui garantissait aussi des retombées substantielles.

Cette vertigineuse accumulation de richesse contrastait très nettement avec l'aggravation de la misère qui s'étalait partout ailleurs. A l'exception de Modou Caporal et de ses proches, la communauté agricole s'enfonçait en effet lentement mais sûrement dans une pauvreté sans issue.

Les privations et les frustrations avaient commencé à faire germer une culture du ressentiment et de la fatalité. Une énergie considérable s'épuisait en protestations et en récriminations. L'éventualité d'une réussite économique ou sociale était maintenant laissée aux bons offices de la Providence. La confiance s'étiolait au sein de la population et les initiatives les plus simples ne trouvaient plus de preneurs. Les agriculteurs semblaient de plus en plus résignés à leur triste sort et n'usaient plus que de subterfuges dérisoires pour échapper de façon artificielle à leur morne destin.

CHAPITRE 7

Le maître du monde

Etait-ce cette chaudière minutieusement entretenue par Lécuyer,
avec la complicité de son ami autochtone, qui avait finalement
perdu ses soupapes et déversé dans la rue des bourrasques de
frustration et de colère ? Cette éruption que chacun croyait
inéluctable s'était-elle enfin produite et allait-elle, comme prévu,
embraser la contrée ?

Les cris de frustration qui s'échappaient de la foule et qui étaient
exclusivement dirigés contre la personne très controversée de
Lécuyer semblaient en ce moment le suggérer. Mais alors, tout
observateur averti comme Diomaye pouvait aussi déceler sans
effort les nombreuses contradictions qu'offrait le décor dans lequel
était planté l'événement.

Le drame humain qui avait pour cadre le domaine des Marais
était en réalité bien plus complexe qu'une simple histoire de
grand méchant loup. Lécuyer n'en était que l'acteur le plus
apparent. Il méritait certes tous les quolibets qu'on lui jetait en
ce moment à la face, mais certainement pas l'attention exclusive
de la foule.

De Serlet à Lécuyer, en passant par Diomaye, Wagane et les autres personnalités, tous ceux qui s'apprêtaient à s'affronter avaient, à un moment ou à un autre, été mêlés aux affaires du domaine des Marais. Qui plus est, leur ingérence s'était souvent faite sous une forme qui était en totale contradiction avec l'attitude qu'ils avaient choisi d'adopter aujourd'hui.

Serlet, par exemple, était contre la manifestation. Son intention d'envoyer incessamment sa garde pour disperser la foule ne faisait pas l'ombre d'un doute. On pouvait donc facilement en conclure qu'il s'était rangé du côté de Lécuyer et qu'il essayait de le protéger. Mais ce n'était là qu'une apparence. L'intrigue entre les deux hommes était autrement plus compliquée.

La détérioration des conditions des ouvriers sous la férule de Monsieur Lécuyer n'avait en réalité pas été du goût de Serlet. En plus de ses propres observations, des détails supplémentaires très alarmants lui étaient parvenus par l'intermédiaire de Diomaye, dont la femme, Yandé, était une des infirmières qui assistait le père Monchallon dans ses fonctions médicales.

Dans un premier temps, il avait décidé de ne pas intervenir, jugeant qu'il était plus adéquat de laisser s'appliquer la rigueur des lois économiques. Il était après tout un adepte du libéralisme économique qui croyait fermement aux vertus de la compétition. L'intégralité de l'énergie humaine ne pouvait selon lui se libérer que dans un cadre de compétition farouche.

Très vite cependant, il dut admettre que ce qui se passait dans le domaine du père Monchallon n'avait rien à voir avec le libéralisme. Non seulement les rapports entre les différents acteurs économiques étaient teintés d'escroquerie et de fraude, ainsi que ne cessait de lui rappeler Diomaye, mais, pire encore, l'égalité des chances y était une pure chimère. Lécuyer et ses ouvriers ne boxaient simplement pas dans la même catégorie.

Conscient du danger que représentaient à long terme les pratiques constatées chez l'intendant, il décida solennellement de rappeler le père Monchallon à l'ordre. La semonce qu'il lui envoya à l'occasion s'énonçait en ces termes :

Mon compatriote,

J'ai l'honneur, par la présente, de solliciter votre attention sur certaines pratiques que j'ai pu personnellement constater dans le cadre du fonctionnement de votre propriété agricole, Les Marais.

Qu'il me soit d'abord permis de vous rappeler que votre présence dans ce pays, de même que la mienne d'ailleurs, est le produit non pas d'une aventure individuelle, mais plutôt d'une vision collective. A cet égard, bien que respectueux et admiratif du succès économique de vos entreprises, l'intérêt supérieur de notre présence sur ces terres ne me permet pas de laisser vos activités se perpétuer sous leur forme actuelle.

Ayant conquis ces terres, nous avons décidé d'y cohabiter avec leurs habitants indigènes. Cette option, qui me semble être la plus naturelle après plusieurs siècles de commerce et de guerre, a été choisie par nous et façonnée à nos propres termes par nos législateurs. Je ne tolérerai pas qu'on enfreigne les lois qui les régissent.

Je souscris entièrement au régime de l'indigénat, qui me semble être une étape nécessaire de l'évolution de nos relations avec les autochtones. Je suis par ailleurs tout autant acquis à la promotion de la mentalité d'entrepreneur parmi les colons. L'immense potentiel de cette partie encore vierge du monde doit être exploité de façon optimale pour le bien de notre nation méritante et de ses citoyens. Mais j'exige, en ma qualité d'administrateur de cette région, que vos rapports avec les indigènes se fassent dans le cadre des lois que nous avons établies à cet effet.

L'indigénat, je vous le rappelle, ne peut être qu'un régime transitoire. Nous devons, à long terme, nous préparer à entretenir des rapports plus égalitaires avec les autochtones. Cela est inéluctable, car aucun peuple ne peut vivre éternellement dans la servitude. A défaut de les faire disparaître, ce qui n'est clairement pas notre projet, nous devons donc apprêter ces gens à devenir partie intégrante de la grande nation que nous sommes en train de bâtir.

Et si nous voulons que les valeurs qui fondent notre nation si respectable se retrouvent dans l'entité qui résultera de la fusion prévisible de nos deux peuples, il faut qu'à chaque étape de ce processus d'intégration, nous les portions nous-mêmes en étendard. Nous ne pouvons nous permettre d'adopter une attitude discriminatoire dans l'application de nos principes humanistes. Cela les corromprait et nous discréditerait aux yeux de l'autochtone. Pire, nous resterions bloqués dans cet état conflictuel des relations humaines dans lequel nous avons végété pendant des siècles et que je qualifierai de primitif.

Ayons ensemble le courage de regarder le futur en face et de nous y préparer de façon responsable.

Très respectueusement,

Lucien Serlet,
Gouverneur du Territoire

Au moment où cette lettre parvint au père Monchallon, les relations entre ce dernier et son intendant s'étaient déjà considérablement détériorées. Choqué par les méthodes qu'il avait découvertes chez Lécuyer, le propriétaire du domaine des Marais avait, de façon régulière, exprimé sa désapprobation et demandé que des changements soient opérés, en vue de l'amélioration de la condition des travailleurs.

En écho à ces complaintes, le régime brutal de Modou Caporal fut, de façon imperceptible, progressivement muté en une structure de corruption destinée à jeter de la poudre aux yeux du père Monchallon. Au prix de cadeaux et de facilités somme toute dérisoires accordés à une frange de la collectivité agricole, Modou Caporal réussit le miracle d'étendre son influence chez les ouvriers tout en créant l'illusion brève d'une amélioration de leur condition.

Mais le père Monchallon n'était pas dupe. Il se rendit très tôt compte que cette stratégie perfide qui visait à faire d'une partie de ses employés des sympathisants pour mieux les monter contre l'autre partie ne faisait que consolider les pratiques qu'il récusait. Ses relations avec Lécuyer devinrent donc de plus en plus heurtées et bientôt, l'un comme l'autre ne cherchèrent plus qu'à y mettre fin à la première occasion.

A l'inverse cependant du père Monchallon, qui, de plus en plus, se lassait des affaires et aspirait à une retraite paisible, Lécuyer, enivré par les jouissances de l'argent si facilement gagné, sentait de jour en jour des crocs lui pousser. Il avait maintenant hâte de se débarrasser de son patron pour pouvoir donner libre cours à ses ambitions démesurées.

Aussi fut-il peu étonnant que, profondément affligé par la terrible lettre que lui avait adressée le Gouverneur Serlet, le propriétaire du domaine des Marais laissa tomber ses dernières hésitations et décida d'accepter l'offre d'achat de la propriété que, depuis quelques mois, son intendant ne cessait de lui faire.

Ce fut le début d'une aventure économique à nulle autre pareille qui, de façon indélébile, allait à jamais marquer le vécu de la région.

Aussitôt débarrassé de son ancien patron et de ses « futilités morales », Lécuyer donna sans ambiguïté libre cours à ses rêves d'expansion. Les actions qu'il entreprit par la suite témoignèrent toutes d'un désir ardent et à la limite du sauvage d'accumuler toujours et encore plus de biens.

Mais il lui fallut d'abord vaincre un autre obstacle majeur en la personne de Serlet qui, de façon plus directe, s'était dressé devant lui aussitôt après la reddition du père Monchallon. Outré et alarmé par les abus qui se multipliaient sous l'influence du nouveau magnat, le Gouverneur ne se privait en effet pas de lui adresser des remontrances et, au besoin, de faire fréquemment recours à la loi pour tenir ses sbires en respect.

C'est ainsi que Modou Caporal fit par deux fois les frais de cette intransigeance, d'abord sous la forme d'une amende pour escroquerie, puis en écopant de quelques mois de prison pour sévices infligés à l'un de ses employés.

Ce fut ce dernier épisode de ses relations tumultueuses avec l'administration locale qui poussa Lécuyer à chercher l'appui d'une autorité supérieure pour, de façon définitive, neutraliser Serlet. Et cet appui, il ne le trouva nulle part ailleurs qu'en la personne même du Délégué aux affaires agricoles de l'administration centrale du Territoire.

Immédiatement après ce parrainage, Serlet fut informé des nouvelles dispositions du pouvoir central et sommé d'apporter son soutien actif à l'entreprise pionnière de son adversaire. Bien entendu, il ne souscrivit pas immédiatement à cette requête et envoya régulièrement des correspondances, qui restaient sans réponse, à ses chefs, pour protester contre les nouvelles directives qui lui étaient données. A la longue, il fut obligé, la mort dans l'âme, de lâcher la bride à Lécuyer. Tout, dès lors, devint très facile pour ce dernier.

Progressivement et grâce à l'appui du Délégué aux affaires agricoles, il s'attira les faveurs exclusives des acheteurs de soja. Ce qui, en un très court délai, précipita la majeure partie de ses concurrents vers la faillite. Ceux qui réussirent, à grande peine, à sauver une partie de leur exploitation, furent très soulagés de recevoir une offre du nouvel homme fort du secteur et vendirent sans hésiter ce qui leur restait. Bientôt, il n'y eut plus qu'une seule et immense exploitation aux pouvoirs monopolistiques sans limites qui mit virtuellement toute la région sous sa coupole.

Devenu maître du jeu, Lécuyer n'épargna personne, même pas ses anciens alliés. Tous, du Délégué jusqu'au consommateur, en passant par les acheteurs et les transformateurs de ses produits, étaient maintenant soumis à sa loi. Seuls des idéalistes comme Diomaye ou Serlet faisaient encore figure de récalcitrants. Mais l'inamovible Lécuyer ne prêtait guère plus attention à leurs protestations.

CHAPITRE 8

Les allées du pouvoir

Serlet et Diomaye étaient donc tous deux des ennemis déclarés de Lécuyer. Ils voyaient en lui l'un des plus implacables fossoyeurs des rêves d'émancipation qu'ils nourrissaient, chacun à sa manière, pour la communauté locale.

Pour autant, les pancartes hostiles au magnat du soja qui se dressaient au-dessus de la foule hirsute n'avaient en ce moment rien de rassurant pour eux.

L'un, Serlet, était certes conscient de la menace que les agissements de Lécuyer faisaient peser sur la mission qu'il s'était personnellement assignée. Mais il n'en était pas moins l'incarnation d'une autorité vitale, dans son appréciation, pour l'avenir de la région. La peur de voir les mêmes pancartes se muer en fourches et aboutir à une révolution qui ouvrirait toute béante la porte de l'inconnu avait naturellement pris le dessus sur ses autres sentiments.

L'autre, Diomaye, voyait dans ces mêmes pancartes les mailles enchevêtrées d'un filet perfide. Un filet manié dans l'ombre par des mains expertes qui tentaient d'enfermer l'énergie considérable du peuple dans la nasse stérile de ses rapports frustrants avec le principal employeur du pays.

L'attitude la plus déroutante restait cependant celle de Wagane. Interpellé par Diomaye sur la pertinence des pancartes que portaient les militants, il répondit, imperturbable :

– C'est le ras-le-bol général, et tu le sais bien. On ne peut pas leur reprocher d'exprimer leurs sentiments à l'état brut. Ne t'attends pas à des messages plus élaborés. Ils n'ont pas l'esprit aussi tortueux que le tien.

– Admettons, reprit Diomaye, mais toi dans tout ça ?

– Moi, je ne suis rien dans tout ça. J'ai de bonnes relations avec Lécuyer et, ça aussi, tu le sais. Je n'en ai pas honte. Je ne suis pas aussi radical que toi. Si j'étais vraiment, comme tu le soupçonnes, celui qui tire les ficelles, je leur aurai dicté un message plus modéré. Cela dit, je ne peux pas leur reprocher d'être si directs, vu qu'en face, l'on ne met pas de gants.

Ce n'est pas trop tôt, soupira intérieurement Diomaye, en voyant que son interlocuteur se décidait enfin à jeter son masque.

Wagane, cependant, ne faisait jamais mystère de sa duplicité. Il évitait toujours, en toute chose, de prendre des positions radicales et considérait une telle habitude comme une marque de sagesse.

Son attitude extrêmement fluide contrastait nettement avec le caractère entier de son rival. C'était là une différence majeure qu'il ne cessait de lui reprocher. « Le monde, lui conseillait-il souvent, n'obéit pas à la rigueur d'un théorème. Pour arriver à le changer, il faut accepter d'en épouser les contours parfois tourmentés. »

Ainsi, au lieu de résister aux pouvoirs, il jugeait en général plus sage de les accompagner dans leur élan, en attendant de trouver le moment opportun pour les influencer. Les jeux du pouvoir, pensait-il, pouvaient se montrer très lucratifs pour qui savait bien manipuler leurs règles.

Il n'avait pas mis beaucoup de temps à flairer l'aubaine que représentait la volonté hégémonique de Lécuyer. Et, comme à son habitude, il ne s'était pas non plus fait prier pour essayer d'en tirer le meilleur parti.

Dans un premier temps, il était parvenu à se tailler une place de choix dans l'échiquier de l'homme d'affaires en adoptant publiquement des positions très hostiles à ce dernier. Il avait pour cela eu recours au Club des Premiers, dont il était devenu depuis longtemps un membre très influent.

Les membres du club étaient, en grande partie, hostiles aux projets de Lécuyer. Ils n'avaient aucun respect pour sa réussite d'autodidacte, qu'ils jugeaient usurpée et illégitime. Un tel sentiment, bien entendu, ne surprenait personne, vu le caractère très élitiste du club. La réussite de l'homme d'affaires constituait un sévère revers infligé aux prétentions du club dont, comme l'avait dit le vieux Malang Kor, les membres n'aspiraient qu'à démontrer leur capacité à surpasser les Occidentaux sur leur propre terrain.

Wagane n'eut donc aucune difficulté à lancer une campagne de désinformation contre l'homme d'affaires. Il fit distribuer des tracts et organisa des conférences sur le thème du capitalisme sauvage et de la discrimination raciale. Les événements furent amplement relayés par les journaux et leurs échos parvinrent directement aux oreilles irritées de Lécuyer.

Au début, la violence des attaques, ajoutée à la mauvaise foi contenue dans certaines des allégations, le surprit et l'indigna. Mais l'attitude délibérément perfide des trouble-fêtes laissait deviner que les arguments d'ordre éthique étaient dérisoires dans la confrontation qui lui était ainsi imposée de force.

Comme à son habitude, il eut recours aux services de Modou Caporal pour mener à bien sa contre-attaque. Ce dernier parvint sans peine à utiliser quelques-unes de ses connaissances pour approcher les blancs-becs du club et obtenir, par leur intermédiaire, une rencontre entre Wagane et Lécuyer.

La rencontre eut lieu dans le bureau même de Lécuyer. Wagane y arriva accompagné de Modou Caporal. Ce dernier était très agité et on devinait aisément que l'enjeu, pour lui, revêtait une importance particulière. Son patron se trouvait en effet dans un grand pétrin et tout portait à croire qu'une fois sa mission accomplie, l'estime de Lécuyer à son égard allait considérablement augmenter, lui permettant ainsi de jouir encore mieux du pouvoir de ce dernier.

Modou Caporal n'avait cependant que très peu confiance en son jeune compagnon, dont l'impertinence à tout moment pouvait faire basculer la réunion dans le mauvais sens.

Ce fut donc avec un brin d'excitation dans la voix et une nervosité très apparente qu'il initia la conversation :

– On dit que seules les montagnes ne se rencontrent jamais, commença-t-il sur un ton épique. Mais l'amitié et les liens de sang ne sont pas régis par des adages. Vous êtes tous les deux des montagnes massives dans vos milieux respectifs. En ce moment, les querelles et les calomnies vous tiennent éloignés l'un de l'autre. Mais moi, Modou Caporal, qui suis à la fois votre frère et votre ami, je ne puis accepter pareille situation. Cette rencontre, je l'ai organisée pour vous permettre de parler et d'aplanir vos différences, car sachez que moi, Modou Caporal, je ne retrouverai jamais le sommeil tant que…

Il ne termina pas sa phrase. Souriant, d'un air amusé et sans même poser le moindre regard sur son fidèle bras droit, Lécuyer s'était résolument dirigé vers Wagane pour lui serrer fermement la main.

– Modou, dit-il en ne quittant pas Wagane des yeux, s'il ne tient qu'à cela, vous pouvez maintenant aller dormir. Quelque chose me dit que nous allons bien nous entendre, le jeune Wagane et moi. De ce point de vue, nous sommes déjà des amis, n'est-ce pas, jeune homme ?

— Assurément, renchérit Wagane de façon complice. C'est un honneur de faire votre connaissance et, contrairement à ce qu'on a pu vous dire, je n'ai pas tant de griefs que cela à votre égard. Il se trouve simplement que j'ai, comme tout le monde, mes propres opinions et il m'arrive de temps en temps de les exprimer. J'espère ne pas vous avoir choqué en le faisant.

— Ah ! Je le savais, commença à nouveau Modou Caporal. Je savais que…

Mais, une fois de plus, son patron l'interrompit grossièrement en s'adressant de nouveau directement à Wagane.

— Vous ne m'avez pas choqué, vous m'avez ouvert les yeux. Ce sont justement de ces opinions que je voudrais m'entretenir avec vous. Modou, dit-il, daignant se tourner pour la première fois vers Modou Caporal, je vous remercie d'avoir organisé cette rencontre. Vous avez rempli votre rôle à la perfection. Vous voudriez bien m'excuser maintenant ; j'ai des affaires importantes à discuter avec ce jeune homme.

Ces dernières paroles furent prononcées d'une façon très sèche et très directe. Elles eurent sur Modou Caporal l'effet d'une douche froide. Une frayeur indescriptible s'empara soudain de son esprit. Ce « frère » sorti de nulle part allait-il, sans crier gare, le supplanter dans le cœur et dans les affaires de Lécuyer ? L'air complètement transi, il jeta un regard à la fois furieux et craintif à Wagane et se dirigea d'un air penaud vers la porte.

Toujours très souriant, Lécuyer insista pour que Wagane se mît à l'aise dans l'élégant et moelleux fauteuil sur lequel il l'avait invité à s'asseoir. Il lui tendit ensuite cérémonieusement un coffret de cigares qu'il dit ne sortir que pour les grandes occasions. Wagane, de plus en plus dérouté, hésita un instant, puis accepta prudemment.

Il était plutôt surpris par la tournure des événements. En particulier, il avait prévu de tenir tête à son hôte, ne serait-ce qu'au début de la conversation, histoire de se donner plus de crédibilité et de faire monter les enchères. Mais, dès son entrée dans l'impressionnant bureau de Lécuyer, il devint évident qu'il s'était mal préparé à une rencontre de cette envergure.

Les hommes publics offrent en effet souvent une cible aisée aux critiques. A force de les accuser avec impunité de tous les maux, on en oublie parfois qu'ils sont des personnes en chair et en os dont l'intimité peut souvent susciter beaucoup plus de sympathie que l'image plutôt abstraite que leur colle l'opinion.

Wagane, habitué à calomnier son hôte à distance et sans retenue, n'avait apparemment pas pris le soin de mesurer la difficulté qu'il y aurait à soutenir un tête-à-tête avec le magnat. L'imposant Lécuyer se présentait maintenant à lui avec des manières si amènes que la moitié des arguments qu'il avait contre lui parurent soudain complètement inappropriés. Son hôte faisait visiblement tout pour le mettre à l'aise et ne laisser transparaître aucune trace d'animosité entre eux.

– J'espère, lui dit-il après avoir rempli leurs verres, que vous n'avez rien contre les manières directes, jeune homme. J'aime ne pas m'attarder sur les formes lorsqu'il s'agit de parler affaires. L'essentiel, je pense, dans une situation, n'est pas comment on est traité, mais combien on en tire.

– Personnellement, je trouve votre attitude à mon égard très aimable, surtout après tout ce qu'on a pu raconter à propos de nos relations. Mais vous pouvez aussi être plus direct si vous le souhaitez. Cela ne me gênera pas.

– Parfait, alors ; je vois, comme je l'ai toujours cru, que vous êtes quelqu'un de très intelligent. J'irai donc droit au but. Je vous ai fait venir ici pour vous proposer une alliance.

– Une alliance ?

– Oui, reprit fermement Lécuyer sans prêter attention à la mine surprise que tentait vainement d'arborer Wagane, une alliance. J'ai beaucoup d'adversaires et cela est tout à fait normal, vu l'ampleur de mon succès. Mais vous, vous ne devriez pas en faire partie. Vous êtes un allié naturel pour moi.

– Ah oui ? Et sur quelle base pourrions-nous, vous et moi, nous allier ? Je n'ai personnellement rien contre vous, mais nos intérêts souvent s'opposent. Le système par lequel vous prospérez est à l'origine de la misère que je combats. Je ne peux pas me faire complice de vos actions.

– Je ne suis pas responsable de la misère de vos compatriotes, et vous le savez bien, répliqua Lécuyer, le sourire toujours aux lèvres, guère démonté par l'attaque. Vous n'allez quand même pas croire ce que racontent ces aigris ? Vous êtes plus intelligent que cela, voyons. D'ailleurs, si vous en étiez vraiment convaincu, vous ne seriez pas là aujourd'hui. A moins que votre combat contre la misère ne soit pas si acharné que le laissent penser vos articles.

– Je suis venu parce que vous m'avez invité. Je ne pouvais pas cracher sur la chance qui m'était ainsi offerte de vous exposer mes arguments de façon directe. J'ai encore l'espoir de vous convaincre, par un moyen ou par un autre, d'améliorer le traitement que vous réservez à vos employés.

– Mais vous n'avez pas besoin de me convaincre, mon cher ami. C'est exactement cela que j'essaie d'accomplir. Malheureusement, personne ne veut me créditer de cet effort. Je fais cependant tout ce que je peux dans ce sens, croyez-moi. Il faut reconnaître que ça n'a jamais été l'eldorado par ici, quand même ! Me designer comme bouc émissaire ne suffira pas à régler certains de vos problèmes séculiers.

– Oh, nous avons certes nos maux qui nous sont propres et dont je ne vous tiens pas responsable. Mais ce n'est pas là un prétexte pour donner libre cours à certaines attitudes prédatrices.

– Je n'ai fait que saisir les opportunités qui se présentaient à moi. Les termes du choix sont clairs. Dans le contexte présent, nous avons deux groupes sociaux aux capacités inégales. Ils ne peuvent pas mener de concert le même attelage. Le processus de rattrapage est certes souhaitable, mais il ne peut se faire que dans la durée. En attendant, il faut une clarification des rôles pour pouvoir agir de façon efficace. Eux ne peuvent en ce moment rien faire d'autre que de tirer la charrue. Vous et moi devons assumer les rôles de cocher qui nous reviennent de droit et par devoir. C'est en ce sens qu'une alliance devient presque naturelle entre nous deux. C'est nous qui constituons l'élite de ce pays. Que vous le vouliez ou non, votre rôle est de diriger votre peuple. Moi, dans ma situation, je ne puis me permettre de nourrir des ambitions civiles aussi hautes que celles auxquelles vous êtes prédestiné, mais tout peut être à ma portée dans le monde des affaires. C'est ma responsabilité et mon droit de saisir les opportunités qui se présentent dans ce domaine.

– Vous avez peut-être raison, mais nos rôles, dans ce cas, ne se limitent pas simplement à nous installer sur ces trônes qui, d'après vous, nous sont réservés. Il n'y a pas de roi sans royaume. Le sceptre que l'on a entre les mains doit en retour servir la société qui lui donne son sens.

– Wagane, dit Lécuyer en secouant énergiquement sa tête comme pour marquer son approbation, relativement parlant, j'étais l'homme le plus misérable du monde en venant ici. Je sais donc ce que c'est que la misère. C'est une auberge au bord du chemin où l'on fait halte en route vers le succès. On y séjourne pour se refaire des forces, car, paradoxalement, l'énergie qui alimente le mieux le succès vient de la privation. La misère est donc une auberge où l'on se nourrit de privations. Vous ne pouvez pas exiger qu'on ferme de façon artificielle cette auberge. Elle recèle l'alchimie même du succès. Certains comme moi ont la malchance d'y être nés. C'est une infortune qui peut arriver à tout le monde ; même aux gens bien. Ce n'est la faute de personne. Mais ce n'est que le début, et non la fin du voyage.

– Il faut aussi, coupa Wagane, un cadre qui permette à ceux qui sont piégés dans cette auberge de mettre le nez dehors et d'emprunter le chemin du succès.

– Certes, mais à chacun son tour. J'ai été confronté au même défi et je l'ai relevé. C'est toujours un problème, mais ce n'est plus désormais mon problème. Ni le tien d'ailleurs, car tu es aussi sorti de l'auberge grâce aux brillantes études que tu as suivies. Notre problème est désormais autre. Nous avons franchi un palier, mais le chemin qui nous reste à faire est encore long et parsemé d'embûches. Nous ne pouvons pas nous laisser distraire par les échecs et les retards des autres, car ce serait en quelque sorte signer notre propre perte. Je dis « nous » parce que vous n'êtes pas mieux loti que moi. De gré ou de force, vous êtes aussi engagé dans cette lutte au sommet. Le pouvoir, de quelque nature qu'il soit, est rarement satiable. Plus il grandit, moins il devient aisé de lui faire accepter ses limites. C'est une lutte perpétuelle et la victoire est notre seule chance de salut. En réussissant, vous vous êtes, comme moi, fait des adversaires qui sont tout aussi déterminés que vous à se tailler une place au soleil. Si, par exemple, vous luttiez dans la même arène que moi, vous ne seriez pas ici aujourd'hui. Je vous aurais consciencieusement combattu et détruit. Mais vous faites dans la politique et je suis dans les affaires. Une alliance est donc possible entre nous.

– Admettons, répondit Wagane. Vous semblez être convaincu que je peux être utile à vos ambitions démesurées. Qu'à cela ne tienne ; je ne disputerai pas cette certitude, car vous seul pouvez en être juge. Mais je ne vois vraiment pas comment vous pourriez en retour m'aider. Mon électorat ne vous porte guère dans son cœur et, pour un homme politique comme moi, les électeurs sont rois.

– Je ne parle pas d'une alliance publique. Ce dont j'ai besoin en ce moment c'est d'une distraction majeure qui détourne l'attention qui est en ce moment portée sur moi et mes affaires. En politique, les problèmes meurent lorsque l'on cesse d'en parler. Si vous, en tant que dirigeant, acceptez de manière tacite d'ignorer le débat qui porte sur moi et mes projets, je vous garantis que cette affaire mourra d'elle-même.

– Mais vous surestimez mes capacités, se contenta de répondre Wagane. Ma représentativité est très limitée en ce moment...

– Justement, c'est là où je vais pouvoir vous payer en retour. Non pas en m'affichant publiquement comme votre ami, mais plutôt en vous soutenant financièrement de façon discrète. En politique, comme dans beaucoup de domaines, l'argent est le nerf de la guerre. Et ce n'est pas l'argent qui me manque. Je vous garantis qu'ainsi, vous irez très loin, jeune homme. A moins que la perspective d'une alliance avec moi ne vous fasse vraiment horreur pour d'autres raisons...

– Non, non ! Vous n'y êtes pas. Vous me prenez au dépourvu, voilà tout. Il faut bien que je digère tout ce que vous venez de me dire.

– C'est bien simple, pourtant. Et comme dit l'adage, trop d'analyse paralyse. Quand on est en mesure de saisir certaines opportunités, il faut le faire. Sinon, d'autres de moins méritants le feront à notre place. Ce pays regorge de potentiel et beaucoup de gens, de votre côté comme du mien, s'y intéressent. Ces opportunités seront là quel que soit l'état de satisfaction du peuple. Si vous acceptez de traîner les misères de votre peuple comme un boulet à la cheville, vous n'arriverez jamais à saisir votre propre chance. Si, au contraire, vous vous alliez aux décideurs du moment, vous pourrez non seulement mieux comprendre leurs choix, mais, mieux encore, vous pourrez à la longue commencer à influencer ces choix en faveur de votre peuple.

Ces derniers commentaires cueillirent Wagane à froid. Il avait de moins en moins d'arguments à opposer à son interlocuteur. Il ne dit pas oui immédiatement, mais il ne refusa pas non plus.

Tout au long de la conversation, il s'était contenté de répéter des arguments qu'il avait entendus à maintes reprises lors des discussions du club. Les mêmes arguments qu'il avait parfois combattus et parfois défendus, au gré des vents lui étaient sortis de la bouche de façon presque automatique. Il n'était guère capable de les défendre avec succès, puisqu'il n'en était pas l'auteur.

C'est ainsi qu'à force de compliments et de conseils assénés sur le ton même de l'évidence, Lécuyer parvint très facilement à le convaincre de calmer son animosité. Les retombées d'une telle attitude, telles que décrites par l'homme d'affaires, semblaient difficiles à ignorer.

Immédiatement après cette rencontre, un engrenage d'échanges discrets de services entre les deux hommes, dont le principe venait ainsi d'être arrêté, commença en trombe et ne connut bientôt plus de limites.

Mais, presque simultanément, Wagane vit aussi sa liberté de manœuvre fondre à vue d'œil. En homme d'affaires avisé, Lécuyer se montra en effet très soucieux de rentabiliser ses investissements. Moyennant le parrainage de certaines réunions du club, la mise à disposition de moyens logistiques lors des tournées du parti politique qu'avaient formé les membres du Club des Premiers, le tout couronné par des pots-de-vin bien ciblés, il obtenait sans grande peine l'appui inconditionnel de Wagane sur toutes sortes d'initiatives.

CHAPITRE 9

Les raisons d'une colère

Bien que de notoriété publique, la duplicité de Wagane n'avait jusqu'ici eu aucune retombée négative sur sa popularité. Un tel paradoxe s'expliquait en partie par une certaine vision du pouvoir que partageait en apparence la vaste majorité des habitants de la contrée.

En effet, hormis quelques jeunes avant-gardistes comme Diomaye, la plupart des gens semblaient admettre sans arrière-pensées que le pouvoir, du fait peut-être de son aspect traditionnellement autocratique, mais aussi de l'extrême aisance des actuels gouvernants, conférait davantage un mandat de jouissance que d'action. Il était donc tout à fait naturel que Wagane, de par sa position, profitât sans retenue des largesses de Lécuyer.

Cette garantie d'impunité le faisait bien entendu redoubler d'audace. En témoignait l'effronterie avec laquelle il venait de répondre aux accusations à peine voilées de Diomaye.

Mais la conscience d'un peuple n'est pas toujours facile à cerner. Se contenter de quelques-unes de ses manifestations pour se faire une représentation globale de son fonctionnement aboutit souvent à la caricature.

Quelque temps après qu'ils eurent scellé leur alliance, Wagane et Lécuyer en firent l'amère expérience.

Il se trouvait au milieu de la ville une vaste clairière qui séparait les deux principaux quartiers indigènes. Pour un observateur non averti, cet espace inhabité, situé en plein milieu de l'agglomération, n'avait rien d'insolite. Il semblait a priori former une limite naturelle entre les deux quartiers, qu'habitaient deux populations d'origines manifestement différentes.

D'après les récits anciens, il n'y avait pas, au sens absolu du terme, de vrais autochtones parmi les différents groupes qui formaient actuellement la population très cosmopolite de la ville. Les habitants actuels étaient tous constitués de descendants d'immigrants. Leurs ancêtres étaient, de façon sporadique, arrivés dans la localité à différents moments de l'histoire.

Cela dit, les fondateurs du bas quartier, qu'on appelait aussi la vieille ville, avaient une certaine antériorité sur tous les autres groupes, y compris les étrangers qui, actuellement, gouvernaient le pays. On pouvait donc, de façon relative, les considérer comme des autochtones.

Bien qu'ils fussent par la suite envahis par de nombreuses vagues d'immigrants, ces autochtones avaient, au fil des générations, manifesté un attachement farouche à leurs traditions. Ils portaient un immense respect aux institutions que leur avaient léguées leurs ancêtres.

Ce respect leur était en partie inspiré par l'imposante figure de Mame, un lointain ancêtre qu'ils considéraient comme leur père fondateur. Ce personnage mythique, dont tous les récits s'accordaient à reconnaître la grandeur, avait en effet, de son temps, marqué tous les esprits. Véritable force de la nature, il avait, mû par un destin exceptionnel, accompli dans sa vie une multitude d'exploits que ses descendants qualifiaient légitimement de surhumains.

Enfant unique et orphelin dès son plus jeune âge, il avait été obligé, très tôt, d'apprendre à travailler dur pour nourrir sa mère, qu'il vénérait comme une sainte. A la mort de son père, sa mère, qui était une étrangère dans le pays, avait en effet refusé de se marier, comme il était de coutume, avec son oncle paternel. Ce dernier hérita sans difficulté des autres femmes de son défunt frère et parvint, avec l'appui d'une communauté qui ne nourrissait aucune sympathie à l'égard de l'étrangère, à les expulser sans ménagement du foyer paternel.

La mère du père fondateur fut dans un premier temps tentée de retourner chez elle, en compagnie de son enfant. Mais l'oracle qu'elle alla consulter avant de prendre cette importante décision l'en dissuada. L'enfant qui t'accompagne, lui dit-il, a le destin d'un baobab. Il porte en lui les germes d'une grande nation. Ne cherche pas à le couvrir de bonheur, car tu l'empêcherais de pousser. Les hommes comme lui n'apprécient que l'éclat des cimes. La lumière qui filtre au ras des forêts ne leur suffit pas. Tes larmes arrosent sa croissance. Laisse son esprit se former au contact de la dure réalité que tu cherches à fuir actuellement. Car il doit fonder une nation d'hommes, et l'homme se définit par rapport aux réponses qu'il apporte aux défis de la vie. Ses réponses, tu le verras, seront à la hauteur de son destin exceptionnel et inspireront plusieurs générations à venir. Il sauvera notre peuple en lui montrant la grandeur. Ne nous prive pas de cette expérience formidable. C'est la plus grande richesse que nous pouvons léguer à nos enfants.

Les prophéties de l'oracle ne mirent pas longtemps à se matérialiser. Très tôt confronté à la précarité de la situation de sa mère, l'aïeul, qui, d'après les récits, était une véritable force de la nature, apprit dès l'enfance à faire face à toutes sortes de défis. Cet apprentissage forcé le rendit très précoce et, sa puissance physique aidant, il se mit très tôt à enchaîner des exploits qui restèrent à jamais gravés dans la mémoire des hommes.

Ces exploits, d'après la tradition, furent enregistrés dans une multitude de domaines, mais les plus remarquables eurent trait aux deux plus importantes activités de la société de l'époque : les travaux champêtres et la lutte. En ces temps-là, les travaux champêtres constituaient la principale activité économique du pays, et la lutte faisait figure de sport roi. L'excellence dans ces deux domaines était donc une garantie certaine d'entrée dans le panthéon de la communauté.

On raconte ainsi la domination de Mame dans les olympiades annuelles organisées pour sélectionner le meilleur cultivateur de la contrée. Les épreuves, qui, par ailleurs, sont encore de nos jours pratiquées par les habitants de la vieille ville, duraient tout l'hivernage. Elles s'articulaient autour de la technique des semences, du labourage et de la moisson. Chacune des trois épreuves commençait à l'aube et ne se terminait qu'au coucher du soleil. Les concurrents, tous des jeunes gens dans la force de l'âge, venus de tous les villages de la contrée, rivalisaient d'ardeur et de dextérité pour couvrir avec application la plus grande surface possible. Ils étaient accompagnés, durant toute la journée, de griots battant des tambours et de jeunes femmes qui composaient des poèmes en leur honneur. L'aïeul commença à dominer les épreuves dès l'âge de quinze ans. Les performances qu'on lui attribue étaient tellement extraordinaires qu'elles aboutirent à une redéfinition des termes de l'épreuve.

La lutte, sport où la grâce et l'agilité se combinaient à la force pour offrir les spectacles les plus remarquables de l'époque, fut aussi marquée par le passage de l'aïeul. Pendant les dix-sept années que dura sa présence dans l'arène, jamais son genou ne toucha le sol. Sa réputation atteignit les contrées les plus lointaines et, de partout, vinrent des opposants redoutables qu'il terrassa dans la plus grande clarté. Ses performances, encore chantées par les griots lors des grands combats de lutte, restent, jusqu'à nos jours, inégalées.

Ces prouesses physiques auxquelles on attribuait des origines surnaturelles étaient doublées d'un profond ascétisme qui forçait à la fois l'admiration et la crainte. Adepte comblé des sciences mystiques, Mame avait en effet la réputation d'avoir atteint, par son abnégation et sa dévotion, un niveau de communion presque parfait avec les forces de l'univers. De sorte que, vers la fin de sa vie, il pouvait à tout moment obtenir tout ce qu'il voulait des éléments de la nature. On racontait par exemple qu'il pouvait à loisir commander au ciel de tonner ou de pleuvoir.

Les performances ainsi établies donnèrent corps à la prophétie de l'oracle. Sur leur base, la fierté du peuple dont était originaire l'aïeul connut une poussée vertigineuse. Les repères, tout d'un coup, avaient été bouleversés et les limites du possible avaient été considérablement reculées. D'un commun accord, l'exigence de performance dans la contrée se trouva relevée d'un cran. L'aïeul devenait une vision, un projet humain apte à fédérer les cœurs, les muscles et les esprits de ses descendants. On savait qui on était et de qui tenir.

Cette identité, à elle seule, suffisait à asseoir un peuple. Mais, en plus de cela, l'héritage de l'aïeul se révéla si lourd à porter qu'il nécessita, de la part de toutes les générations qui suivirent, un effort constant de dépassement.

C'est ainsi que, le regard fixé sur leurs origines, les descendants de l'aïeul marchèrent pendant longtemps à reculons vers le futur. Ce fut du moins l'impression qu'ils donnèrent à tout observateur qui voyait dans le temps une structure linéaire.

Le culte de leur ancêtre semblait si profondément ancré dans leurs us et coutumes qu'ils donnaient l'impression d'être des ignorants obtus et arrogants. On les disait hors de l'histoire et inaptes ou non réceptifs au progrès.

Mais, comme le faisait souvent observer Diomaye, les descendants de l'aïeul ne marchaient pas à reculons vers le futur. Ils dansaient en rond, autour d'un passé qui ne les avait jamais quittés. Le passé était leur futur. Et le présent était diffus entre ces deux extrêmes qui ne faisaient qu'un.

Dans leur vision close du monde, le temps n'était pas étalé. C'était une spirale dont l'épicentre était l'aïeul lui-même.

Oui, il fallait se dépasser et progresser. La vie était aussi mouvement pour eux. Or, leur projet de dépassement ne se limitait pas à un tâtonnement vers l'avant, certes bien intentionné, mais dangereusement incertain. C'était plutôt un projet serein d'élévation dans l'espace de plénitude qu'avait défini l'existence commémorée de l'aïeul.

Cet effort, bien entendu, était permanent et se manifestait dans tous les aspects de leur vie quotidienne. Mais, en même temps, son épure s'articulait autour d'un rituel immuable dont le théâtre était précisément Pékhé, cette clairière sacrée qui s'étalait de manière insolite au beau milieu de la ville.

C'est là que, de façon périodique, les descendants de Mame venaient communier avec leur ancêtre. L'endroit, d'après les récits, avait servi d'habitation à l'aïeul et à sa mère. C'est ici, un peu à l'écart du village, que, pour se soustraire à l'animosité des villageois après la mort de son mari, la mère de l'aïeul était venue s'installer. L'aïeul y avait donc fait, dans la solitude, l'apprentissage de la vie. Plus tard, devenu célèbre, il avait choisi d'y rester pour demeurer fidèle à l'esprit qui l'avait animé dans sa montée vers les sommets. A sa mort, bien naturellement, on l'y enterra. Chose symbolique et encore inexpliquée de nos jours, peu après la disparition de Mame, la clairière avait vu pousser un baobab au beau milieu de la place, à l'endroit même où il avait été enterré.

Par respect pour l'être exceptionnel qu'ils y avaient inhumé et peut-être aussi par crainte, ses descendants décidèrent donc de s'installer à l'orée de la clairière, laissant ainsi la dernière demeure du père fondateur inhabitée jusqu'à ce jour.

Pour mieux préserver la mémoire de l'aïeul, ils dénommèrent la place « Pékhé », en référence aux aptitudes exceptionnelles du maître des lieux, qui avait su répondre, de façon si remarquable, à tous les défis de la vie. Pékhé, expression locale qui évoquait l'idée de solution et de possibilité, était ainsi une invitation constante, lancée aux descendants de Mame, à venir se recueillir sur la place sacrée pour y puiser l'inspiration qui leur permettrait de répondre aux défis contemporains.

Tous les événements importants de la vie des gens de la vieille ville avaient ainsi pour théâtre Pékhé : les cérémonies symboliques qui marquaient le début de chacune des étapes de la saison agricole y étaient célébrées chaque année ; les cérémonies d'initiation des jeunes gens s'y déroulaient tous les ans au sortir de l'hivernage ; les séances de lutte, qui voyaient s'affronter des lutteurs venus de tous les coins de la contrée, s'y tenaient aussi ; de surcroît, tous les féticheurs de la communauté y pratiquaient leur culte.

Autant dire, donc, que cette clairière était l'âme même de la communauté que formaient aujourd'hui les descendants de Mame. Sans elle, il était pratiquement impossible d'imaginer l'existence du peuple de la vieille ville.

C'est pourtant sur ce lieu sacré que Lécuyer, dopé par ses récents succès, jeta au bout d'un moment son dévolu. La raison officielle qu'il donna au Gouverneur Serlet était qu'il voulait rendre l'espace utile à la communauté en y construisant un entrepôt. L'opération allait être doublement bénéfique aux habitants de la vieille ville, puisque non seulement il se proposait de les dédommager, mais en plus, grâce aux économies qu'il réaliserait sur les frais de transport et de stockage de ses produits, il pourrait, à travers cette opération, verser un meilleur salaire à ses employés.

Bien entendu, Serlet ne crut pas un mot des nobles intentions que lui communiquait le magnat lorsque ce dernier vint le voir pour lui exposer son projet et demander son appui administratif. Il était depuis longtemps convaincu que les actions de Lécuyer n'étaient sous-tendues que par une boulimie aveugle et sans bornes.

La fin de non-recevoir qu'il lui opposa n'était cependant pas seulement basée sur son incrédulité. Le projet de Lécuyer l'avait profondément choqué. En fin connaisseur de la culture et des usages du pays, il pouvait, en écoutant Lécuyer décrire ses intentions, mesurer avec effroi l'ampleur du chaos certain dans lequel une entreprise aussi insensée ne manquerait pas de plonger le pays.

– Un entrepôt sur la clairière de Pékhé ? Et pour le bien du peuple de surcroît ? Si j'étais vous, Lécuyer, j'apprendrais à mieux connaître ce peuple avant de décider de son bien. C'est gros, ce que vous venez d'avancer là. Limitez-vous, je vous prie, aux affaires. Ils ont assez à faire à vous subir, vous et vos ambitions démesurées. Ne vous mêlez pas de leur bonheur.

– Comme vous y allez, Monsieur l'éternel donneur de leçons ! Pour votre gouverne, je vous rappelle que vos chers protégés mangent en ce moment dans la paume de ma main. Je ne suis pas si étranger que cela à leur bonheur.

– Peut-être, mais votre projet, que vous vous en rendiez compte ou non, est de les dépouiller de leur âme. Vous avez déjà réussi à les enfermer dans une logique économique qui, je l'avoue, les met à votre merci sur le plan matériel. A présent, vous voulez détruire leur cathédrale.

– Leur cathédrale ? Vous appelez cathédrale cet endroit désaffecté où ils ne tiennent que des exhibitions païennes et primitives ? Ne pensez-vous pas que vous allez trop loin dans votre effort d'idéalisation de leur culture ?

– Non, c'est plutôt vous qui persistez dans l'ignorance et le manque d'ouverture. Je n'idéalise pas leur culture. J'essaie de vous convaincre qu'ils en ont une et de vous la faire découvrir. D'ailleurs, il n'y a pas, contrairement à ce que vous pensez, de culture idéale. J'ai seulement observé chez ce peuple des pratiques et des coutumes qui forcent le respect, parce qu'inspirées de la plus profonde sagesse qu'il ne m'ait jamais été donné d'apprécier.

– Je ne discuterai pas votre érudition en la matière. Du point de vue pratique, cependant, vous avouerez que cela ne leur a pas jusqu'à présent servi à grand-chose. Ils sont pauvres et démunis, incapables de faire face aux défis du monde. Et ils resteront ainsi aussi longtemps qu'ils s'obstineront, avec vos encouragements, à rejeter le progrès.

– C'est comme dire d'une fleur qu'elle n'est pas belle parce qu'il lui manque des épines. Une beauté peut être éphémère ; elle n'a pas vocation à se protéger…

– Arrêtez, je vous prie ! Je n'ai pas le temps de savourer votre poésie. La beauté n'est qu'apparence. Ce monde, en réalité, est un chaos complet ; un mélange furieux de construction et destruction où joies et douleurs se confondent et s'alimentent mutuellement. C'est une histoire de vie et de mort. Une histoire horrible et laide. Mais c'est notre seule réalité. Vous et moi ne pouvons que nous y soumettre.

– Non, cette idéologie sombre n'est pas pour moi. Elle sied mieux à l'homme des cavernes. Vous ne pouvez pas faire cohabiter vos prouesses industrielles avec des comportements sociaux sortis de la nuit des temps. Le progrès dont vous vous faisiez chantre tout à l'heure s'est aussi accompagné d'une évolution de la conscience humaine.

– Vos leçons de civilité, je m'en passerai bien. Je suis un homme d'affaires et je suis venu vous informer d'un de mes projets. Vos états d'âme ne m'intéressent pas, car je n'ai pas besoin de votre autorisation pour poursuivre mon entreprise. Je suis venu m'assurer que vous alliez, comme l'exige votre devoir, faire en sorte que l'autorisation qui m'a été accordée en haut lieu soit respectée par vos subordonnés. Je ne veux pas causer de troubles publics. Tout ce que je demande, c'est que l'on respecte mes droits et que l'on me permette de poursuivre mon travail en paix. Je compte sur vous pour faire respecter l'ordre.

– De mon côté, je me passerai bien de votre arrogance. Vous ne respectez pas assez la loi pour m'instruire de mes devoirs. Ce dont je suis sûr, c'est que ce pays n'est pas la jungle que vous décriviez tantôt. Il y a une loi dans ce pays, Lécuyer, et vous, surtout, ne tarderez pas à vous en rendre compte. Cela, au moins, je peux vous le promettre.

CHAPITRE 10

Le temps des choix

Le sort en était ainsi jeté. L'hydre coloniale, après s'être longtemps
appuyée sur une ambivalence de façade pour parrainer ses projets
contradictoires, entrait dans la phase terminale de sa schizophrénie.
Le choc entre les deux titans locaux, piliers indispensables d'un
système dont ils se disputaient l'avenir, s'annonçait désormais
aussi certain que meurtrier.

Diomaye et Wagane acquirent tous les deux cette conviction dès
que la discussion leur fut rapportée par les deux protagonistes dont
ils étaient, rappelons-le, les confidents respectifs.

Lécuyer, d'abord, eut beaucoup de mal à digérer la suffisance avec
laquelle Serlet l'avait traité durant leur entretien. Tout irrité à la
perspective de voir ce fonctionnaire idéaliste se dresser une fois de
plus sur son chemin, il s'était dirigé tout droit vers sa maison et
avait fait appeler Wagane en toute hâte.

– Je n'ai pas, lui confia-t-il, l'impression que cet entêté de Serlet
   me sera d'une grande utilité. Il a l'air plus effrayé que toi à l'idée
   de toucher à Pékhé. Pire, j'ai même la certitude que si on le laisse
   faire, il va encore, comme à son habitude, essayer de me mettre

des bâtons dans les roues. Mais j'en ai assez de cette nuisance. Il faut que tu m'aides à en finir une fois pour toutes.

Wagane, sur le coup, n'avait rien dit. D'habitude si prompt à anticiper les désirs de son allié et à lui proposer des solutions, il avait semblé complètement dépassé par la tournure des événements.

Cela faisait un bon bout de temps que Lécuyer caressait l'idée de s'approprier Pékhé et d'y installer ses entrepôts. Il y avait souvent fait allusion lors de ses fréquentes réunions avec Wagane. Celui-ci, conscient du danger que représentait une telle entreprise, s'était farouchement opposé à l'idée et avait tout fait pour l'en dissuader. Mais, par la suite, las des fréquentes disputes qui les opposaient à propos du projet, les deux acolytes avaient, sans renoncer à leurs positions respectives, délibérément évité d'aborder le sujet.

Ce fut donc avec un étonnement non feint, doublé d'une colère à peine retenue, que Wagane écouta Lécuyer lui relater sa rencontre avec le Gouverneur Serlet. Ce projet qu'il n'avait jamais souhaité voir dépasser l'état embryonnaire venait, à son insu, de franchir une étape décisive. En plus de l'ire qu'il allait fatalement soulever auprès de la population, il devenait aussi, à cause même de la maladresse de Lécuyer, le prétexte à un règlement de comptes final entre les deux plus puissants personnages de la contrée. Et pour combler le tout, on l'invitait à se mettre au beau milieu de la mêlée.

— Qu'attendez-vous donc exactement de moi ? avait-il fini par demander, sur un ton trahissant une irritation extrême. Je vous ai déjà signifié à plusieurs reprises et sans équivoque ma désapprobation. Pourquoi donc cet entêtement ? Il est clair que vous ne cherchez pas qu'à bâtir des entrepôts. Autrement vous auriez choisi, comme je vous l'ai conseillé, un emplacement moins controversé. Ce que vous voulez, c'est mettre ce pays à feu et à sang et, en cela, je ne puis être votre complice.

— C'est vrai. Je ne cherche pas qu'à bâtir des entrepôts. Mon ambition est aussi d'aider ce pays à tourner résolument le dos

Jean-Paul Diégane Ndong

à l'obscurantisme. Je veux que, désormais, ils embrassent, sans arrière-pensées, le progrès, en se délestant de tous ces vestiges du passé qui, quoi qu'on dise, leur auront fait plus de mal que de bien.

– Mais qui donc vous a investi d'une telle mission ? Ce changement que vous souhaitez est inéluctable et a déjà commencé. Ces vestiges du passé sont aussi la charpente du futur qui est en train de se construire sous nos yeux. Pourquoi ne voulez-vous pas laisser les choses suivre leur cours normal ?

– Parce que je sens encore que certaines pesanteurs restent taboues et que même les plus instruits d'entre vous éprouvent une peur bleue à leur égard. Cet endroit est tout un symbole. Son emplacement est idéal et il peut être d'une grande utilité pour la communauté. Mais, au lieu de l'exploiter, on y célèbre l'ignorance et l'oisiveté. Si j'arrive à le transformer comme je le souhaite, j'aurai planté une dague au cœur même de ce monstre hideux qui vous terrorise. Je vous aiderai à vous libérer.

– Ce n'est pas la peur qui me fait réagir ainsi. C'est la raison. Je suis un homme logique et je n'ai aucune envie de scier la branche sur laquelle je suis assis. A quoi peut servir un roi sans royaume ? Sur qui vais-je régner si je vous laisse anéantir mon peuple ? Et vous, comment comptez-vous vous enrichir si vous n'avez plus personne à exploiter ? Hors de ces terres, nous ne sommes rien, vous et moi, et vous le savez bien. Nous n'avons pas le choix : il faut les ménager.

– Et jusqu'à quand ? hurla Lécuyer, qui commençait à perdre patience. Votre complaisance a un coût, figurez-vous. Je suis un homme d'affaires, pas un politicien. Je dois me mettre au pas du monde économique. Cette place est une place stratégique. Il me la faut pour rester compétitif et, pour le moment, je ne vois pas de raison valable de m'en passer. Alors à vous de jouer. Je vous fais entièrement confiance.

82

– Et moi je ne vous promets rien, répliqua Wagane avant de se lever pour prendre congé.

La situation semblait plutôt désespérée, mais c'était mal le connaître que d'espérer le voir jeter l'éponge de sitôt. Il ne s'agissait en effet plus d'éviter que la crise ne s'installe. Il était, de toute façon, déjà trop tard pour cela. Sa priorité était maintenant de tirer son épingle du jeu. Et pour cela, la stratégie la plus sûre était de se mettre du côté du plus fort, quitte à retourner plus tard sa veste en fonction de l'évolution des événements.

Pour l'instant, il était certain que la maladresse et la grossièreté de l'attaque de Lécuyer allaient remettre la population locale en position de force. L'attitude à la fois insolente et téméraire du magnat ne lui attirerait aucune sympathie. La communauté, pour une fois unie face à une injustice aussi accablante, ne manquerait pas de réagir massivement, ce qui, cette fois-ci, serait difficile à ignorer.

Mais quiconque connaissait bien la contrée savait aussi que les protestations, très vraisemblablement, n'iraient pas plus loin que des mouvements d'humeur. Pour trouver une solution à la crise, il faudrait, comme d'habitude, se tourner vers des personnalités comme Wagane, qu'on appelait communément « les intellectuels ». Le peuple, en général, leur faisait entièrement confiance pour traduire ses frustrations dans un discours élaboré et négocier des solutions appropriées à ses maux avec les autorités.

Très vite, l'idée de devenir le principal porte-parole des protestataires vint donc à l'esprit de Wagane. *Une telle position*, pensa-t-il, *lui donnerait de fait un contrôle formidable sur le cours des événements. En faisant croire aux manifestants qu'il était de leur côté, il pourrait user de sa crédibilité pour leur imposer la solution de son choix.*

Son rêve, en définitive, était de prendre Lécuyer à son propre jeu. Il savait d'avance que des revendications ayant exclusivement trait à l'aspect sacré de Pékhé n'allaient pas trouver d'oreille attentive auprès des autorités. Le symbole, cette fois, était certes très fort, mais, dans le fond, ce qu'il représentait n'était pas nouveau. N'assistions-nous pas tous les jours à la destruction systématique des mœurs et des coutumes du pays ? Pourquoi espérer cette fois-ci que les autorités reculent ? Et même si elles le faisaient, ne serait-ce pas seulement pour mieux sauter et s'attaquer dès le lendemain, de façon plus sournoise, à d'autres symboles ?

Il ne fallait pas que l'arrogance de Lécuyer fît penser que ce à quoi on allait assister était un épiphénomène. De fait, comme il l'avait dit tantôt, les choses commençaient à changer et il ne lui semblait pas possible d'arrêter le cours des mutations.

Cependant, il y avait peut-être un moyen d'exploiter l'aspect émotionnel de la situation présente pour faire payer à Lécuyer son manque de manières. Ce dernier, en effet, prétendait que la transformation de la clairière en entrepôts allait surtout profiter aux indigènes. Mais, le connaissant, Wagane savait que rien n'était moins sûr. Lécuyer n'était jamais parvenu à faire le lien entre le bien-être de ses employés et la prospérité de ses affaires.

Cependant, puisque c'était là son argument, on pouvait le prendre au mot et essayer de le forcer à respecter ses promesses. Et c'est dans cette optique que Wagane décida de centrer le débat sur la question de la valeur marchande de la clairière sacrée.

Il conseilla ainsi à ses hommes de parcourir la ville pour faire courir le bruit que les autorités allaient brader la clairière en l'offrant au rabais à l'homme d'affaires. Il fallait raconter partout que ce dernier était assez riche pour payer beaucoup plus que ce qu'on lui demandait de mettre sur la table. Pour le forcer à payer le juste prix, il fallait se mobiliser en masse et protester contre cette nouvelle spoliation.

Ce message, qui mettait au second plan l'aspect culturel et sacré de la place pour seulement se concentrer sur le côté pécuniaire de l'opération, reçut un accueil mitigé de la part de la population. En effet, celle-ci, de plus en plus accablée par la misère, était maintenant gagnée par le désespoir. Son attitude trahissait de plus en plus un besoin de survie qui lui laissait peu de temps et de force pour défendre des symboles auxquels elle était pourtant farouchement attachée.

De son côté, Serlet n'était pas resté inactif. Aussitôt après avoir dit son fait à Lécuyer, il avait demandé à son aide d'envoyer un télégramme à la capitale pour réclamer une version officielle des révélations que venait de lui faire son ennemi de toujours. Le Délégué aux affaires agricoles avait-il, comme à son habitude, pris une décision aussi importante sans même l'en informer ? Ou était-ce simplement Lécuyer qui venait de manière provocatrice tâter le terrain et jauger sa réaction ?

Dans tous les cas, Serlet était convaincu que quelque chose d'important allait se passer et il ne tenait pas à se laisser surprendre. La réponse à ses questions ne se fit pas attendre. De manière très laconique, on répondit à son télégramme en lui faisant savoir que la demande de Lécuyer était en cours d'étude et qu'on lui ferait parvenir des instructions relatives au respect de la décision du gouvernement central. Très clairement, on lui signifiait par là qu'on ne lui demandait pas son avis. Pire, on lui demandait d'obéir aveuglément aux instructions venues d'en haut, sans poser de questions.

Bien qu'il fût habitué à l'arrogance de ses supérieurs, il ne put cette fois contenir la colère qui montait en lui. Il ne s'agissait plus de son amour-propre ou du respect de certaines procédures administratives. C'était bien plus grave que cela. L'existence même de la communauté qu'il servait allait être menacée du fait de l'ignorance de quelques fonctionnaires imbus de leur pouvoir.

Il fallait donc faire quelque chose, mais quoi ? Il était maintenant pris entre le marteau et l'enclume. Son appréciation de la situation était claire et il avait en son cœur, sans hésiter, fait le choix de défendre les idéaux qui l'avaient poussé à accepter sa fonction. Mais comment maintenant concilier cette fonction, qui devenait dans l'entendement de ses supérieurs l'instrument d'application de leur politique destructrice, avec les idéaux qu'il voulait poursuivre ?

Très naturellement, il pensa à Diomaye. Ce dernier n'avait en effet jamais cessé de lui rappeler l'aspect contradictoire de sa situation. A mesure que Lécuyer, sous l'impulsion d'un soutien gouvernemental aveugle, prenait insidieusement du poids dans la région, la mission qu'il s'était assignée devenait de plus en plus impossible à remplir. Et malgré toute sa bonne volonté et son souci constant d'équité, il n'était plus maintenant sûr que l'exercice honnête de sa fonction suffirait à l'innocenter.

En un mot, il commençait à se sentir coupable. Sans jamais avoir été complice, il avait peut-être inconsciemment joué le jeu d'une meute d'affameurs qui ne pensaient qu'à se remplir les poches aux dépens de ses administrés.

Il était maintenant aux abois. Ou peut-être bien que non. La justice qu'il prônait était encore à la base de tout. Ceux qui, proches de l'autorité centrale, pensaient aujourd'hui en être exempts ne faisaient que se leurrer. Leur réussite n'avait été possible et ne pouvait durer qu'en s'appuyant sur les vertus du monde civilisé qu'il voulait contribuer à bâtir.

Ce n'était donc pas le moment de se laisser abattre. Sa foi était en train d'être mise à rude épreuve, mais c'était de bonne guerre. Les grands desseins s'accomplissent dans la douleur. L'échec qu'il venait de reconnaître était simplement une invitation à revoir les moyens qu'il s'était choisis pour mener à bien sa mission.

Le moment était peut-être venu de se montrer plus réceptif aux objections de Diomaye. Il savait avec certitude que leur vision de l'avenir du pays était en plusieurs points semblable. Etant donné la sérieuse menace qui pesait maintenant sur cette vision, il devenait urgent de se regrouper pour mieux la défendre.

Il attendit donc qu'il fît nuit pour rendre discrètement visite à Diomaye. Il le trouva couché au milieu de sa concession, en compagnie de son épouse Yandé. Comme à leur habitude, l'oreiller qui soutenait la tête de son ami était légèrement appuyé contre les cuisses de sa compagne. Cette dernière, très à l'aise dans cette position qui la faisait ressembler plus à une mère qu'à une épouse, caressait doucement les cheveux de son mari.

Serlet les considéra presque avec envie. Il avait plusieurs fois été témoin de l'entente parfaite qui semblait régner entre les deux époux. Par-dessus tout, il admirait et respectait le soutien et la complicité toute féminine dont Yandé faisait preuve à tout moment auprès de son mari.

Une des choses les plus dures pour un être humain est d'arriver à se faire une idée juste de ses responsabilités envers ceux qu'il aime. Nos actions dans ce sens sont souvent inspirées soit par des sentiments spontanés et aveugles, soit par des coutumes rigides adoptées à la hâte sans se poser des questions.

L'attitude de Yandé à l'égard de son mari ne s'inscrivait pas dans ce registre. Comme elle l'avait une fois confié à Serlet, la femme, comme d'ailleurs l'homme, avant d'avoir un rôle, est avant tout une nature. Elle ne pensait donc pas forcément avoir un rôle précis à jouer auprès de son mari ou au sein de la société. Elle se contentait de s'appuyer sur sa nature et de puiser en son sein les ressources qui lui permettaient de vivre pleinement l'amour qu'elle éprouvait pour son mari.

Au contraire de plusieurs femmes qui, comme le disait Serlet, laissaient un pré carré à leur mari, Yandé avait ainsi su installer entre elle et Diomaye un climat de confiance qui lui permettait d'offrir son opinion et son aide sur tout.

Serlet, plus que jamais complice de cette entente, s'installa sans façon auprès du couple et fit le compte rendu de sa discussion avec Lécuyer. Diomaye et Yandé l'écoutèrent en silence sans l'interrompre. Ils ne dirent rien, pour calmer l'irritation de leur ami. Leur attitude trahissait un certain état d'abattement qui fit penser à Serlet que la douleur que leur causait la nouvelle était autrement plus intense que celle que lui-même avait ressentie tout à l'heure, en écoutant Lécuyer. Diomaye, en particulier, semblait extrêmement peiné et Serlet crut même, un moment, qu'il allait se mettre à pleurer.

En son fond, le Gouverneur se maudissait maintenant d'être accouru si bêtement alarmer son ami. Dans son énervement, il avait en effet oublié combien Pékhé était chère à Diomaye. C'est ce dernier qui, dès qu'ils furent devenus amis, lui avait expliqué toute la signification de l'endroit. Tout à l'heure, en comparant la clairière à une cathédrale, il avait repris mot pour mot une expression qu'avait utilisée Diomaye lors d'un de ces fréquents moments d'exaltation dans lequel le plongeait l'évocation du lieu sacré.

Dans l'esprit de Diomaye, la clairière cristallisait en fait l'un des rares espoirs de renaissance pour son peuple. Et l'histoire de la clairière était aussi l'histoire du peuple de la vieille ville. Sa fonction actuelle était d'être le cadre de la célébration de l'esprit qui avait donné naissance à ce peuple. Détruire cette place revenait en quelque sorte à détruire les fondations sur lesquelles il souhaitait, avec d'autres, rebâtir un futur commun.

Il comprenait que, sans identité, il serait impossible de réaliser l'unité nécessaire pour reprendre avec résolution et succès leur destin en main. Que ce soit en se retournant vers un passé commun ou en convergeant vers un but futur, une nation en marche a besoin de repères pleinement partagés et complètement assimilés par son peuple pour aller de l'avant. Ces repères doivent faire partie du vécu quotidien du peuple. Ils doivent être sans cesse présents dans ses pensées, dans ses rêves ou dans ses souvenirs.

Or, il faut bien l'avouer, le futur, depuis l'arrivée des occupants, avait pâli aux yeux des habitants du pays. L'avenir n'avait plus de consistance et semblait leur filer entre les doigts. Confrontés à un présent dont ils subissaient péniblement la nébuleuse déroutante, ils n'avaient guère plus le temps et les moyens de se projeter dans le futur. Leur propre histoire semblait aboutir à une impasse et ce n'était qu'au prix d'un reniement presque total qu'il leur était permis de reprendre le train de l'autre histoire, celle des actuels occupants.

C'est pour cela que Diomaye attachait autant d'importance au passé. Il pensait qu'en s'y appuyant, on pourrait encore donner au peuple une raison de croire en lui-même. Toutes ces coutumes et tout ce savoir-vivre pouvaient certes paraître ridicules aux yeux de l'homme moderne, mais il était injuste de les balayer d'un revers de la main, sans auparavant fournir l'effort de les apprécier à leur juste valeur.

Lui, Diomaye, pensait en tout cas qu'il devait beaucoup à cette civilisation. Sans elle, il ne serait pas là aujourd'hui. C'était aussi simple que cela. C'était parce que son peuple avait su pendant longtemps vivre et prospérer en s'appuyant sur sa propre culture et ses propres connaissances qu'il avait pu naître un jour. Il était en quelque sorte l'aboutissement de cette histoire, si insignifiante soit-elle aux yeux de certains incultes.

Aussi s'était-il appliqué tout au long de sa vie à étudier ses origines. Il tenait à savoir qui il était et ne ménageait aucun effort pour ce faire. Le pays étant de tradition orale, il s'était fait beaucoup d'amis parmi les vieux qui, du fait de leur âge, étaient dépositaires d'un savoir qui se transmettait religieusement de génération en génération.

Cette attitude, qui allait à contre-courant de la tendance dédaigneuse remarquée chez la plupart des jeunes intellectuels, était très bien accueillie parmi les vieux. Ceux-ci, de moins en moins sollicités comme guides par la nouvelle génération, étaient très heureux de pouvoir raconter à une oreille attentive et passionnée le lustre d'une époque où, contrairement à maintenant, tout était propice à la réalisation de leur pleine humanité.

Et, à mesure qu'il découvrait son histoire, Diomaye devenait de plus en plus attaché à sa culture. Les récits des vieux lui permettaient de réaliser toute l'étendue de la supercherie contenue dans la version officielle qu'il avait apprise à l'école.

Le révisionnisme qu'il découvrait ainsi à rebours n'était pas seulement le fruit de l'ignorance. C'était simplement une façon très efficace d'appliquer l'idéologie de la table rase. Une stratégie tout à fait délibérée qui avait déjà commencé à porter ses fruits. Soutenue par le gouvernement et encouragée par les succès faciles obtenus jusque là, elle avait toutes les chances de se poursuivre.

Il avait donc, en visionnaire, senti venir le coup sans jamais vraiment savoir comment l'éviter. Et il s'était rendu compte, en écoutant Serlet, qu'il était désormais dos au mur. Il n'était plus possible de reculer car, après une concession comme celle-là, il ne resterait plus rien à défendre.

– Je te remercie de m'avoir si promptement mis au courant, répondit-il à Serlet. Au moins, cela me donne le temps de me préparer.

– Te préparer à quoi ? Avec ta mine défaite, tu ne m'as pas l'air de quelqu'un qui s'apprête à aller au combat. Te serais-tu déjà résigné ?

– Ne t'inquiète pas pour moi. Au moins, j'ai l'avantage d'avoir choisi sans équivoque mon parti. Dans le combat qui nous attend, il n'y a plus de place pour les tergiversations et je me demande bien quel rôle tu pourras y jouer.

Serlet voulut répondre qu'il était justement venu solliciter des conseils en ce sens, mais il se tut par orgueil. La façon dont Diomaye venait de lui rappeler sa délicate position ne lui avait pas du tout plu.

– Mon esprit est clair et mon cœur est pur, répondit-il en regardant Diomaye droit dans les yeux. Mais je ne suis pas là pour te le prouver. Ce sont les moyens de réaliser mes intentions et de vivre mon idéal qui me font défaut en ce moment. J'avais espoir en venant ici qu'une discussion avec toi m'inspirerait quelques moyens de surmonter cette nouvelle épreuve. Mais, apparemment, tu n'es pas dans les mêmes dispositions.

Pour toute réponse, Diomaye s'était contenté de soupirer avec lassitude. Il était lui-même submergé par les événements. Comment pouvait-on espérer qu'il donnât des conseils à qui que ce soit ?

– Messieurs, je vous prie, intervint Yandé, l'air un peu moqueur, il ne sert à rien de vous énerver. Puisque personne ici ne sait quoi faire, il vaut peut-être mieux garder son calme et prendre le temps de réfléchir. Cette nouvelle fait mal et elle nous a tous pris au dépourvu. Mais il ne faudrait surtout pas qu'elle nous divise.

– Tu as sûrement raison, renchérit Diomaye. J'ai toutefois l'impression que, quelle que soit notre réaction, nous trouverons à coup sûr notre ami ici présent sur notre chemin. A moins qu'il ne décide, pour de bon, d'agir selon ses propres convictions.

– Ma conviction est qu'il faut avant tout une loi et de l'ordre dans ce pays. Je m'opposerai donc à tous les fauteurs de troubles, fussent-ils mes amis.

– Si l'on devait te prendre au mot, on se demanderait bien pourquoi tu n'as pas encore arrêté Lécuyer, parce que le fauteur de troubles, c'est bien lui dans le cas présent.

– Je pense, Lucien, que nous avons plus un problème de législation que de trouble à l'ordre public, avait alors tranquillement suggéré Yandé au Gouverneur, qu'elle appelait familièrement par son prénom. Aucune loi ne devrait soutenir un projet tel que celui de Lécuyer.

– Ça, je le sais bien. Cela fait longtemps que je proteste régulièrement contre certaines décisions qui me sont transmises d'en haut. Mais j'ai l'impression de prêcher dans le désert. Pourtant, il faut bien que je trouve un moyen de me faire entendre par mes supérieurs. Ce sont eux qui tirent les ficelles. Les autres ne sont que des marionnettes.

– C'est peut-être parce qu'ils n'entendent que toi qu'il leur est facile de jouer aux sourds. Cette fois cependant, je ne sais pas comment on peut exiger du peuple qu'il se taise. Nous avons assez avalé de couleuvres. Ceci est une occasion unique d'unir les gens autour d'un objectif clair et vital, qui est notre survie même. Cette dernière humiliation va envoyer une onde de choc dans tout le pays. Je pense qu'il faut souhaiter qu'il y ait enfin un vrai sursaut. Autrement, il ne nous restera plus rien à défendre d'ici peu.

– Tu as peut-être raison, conclut Serlet, mais on ne sait jamais qui peut récupérer ce type de mouvement de foule et le détourner vers ses propres intérêts. Nous ne pouvons pas nous mettre à acclamer la désobéissance civile sous prétexte que c'est le seul moyen de nous en sortir. Ce pays, depuis quelque temps, est devenu une vraie poudrière. Il ne suffit pas de grand-chose pour l'embraser. Je vais suivre le conseil de Yandé et aller me coucher. La nuit porte conseil, dit-on.

CHAPITRE 11

La sagesse de Saltigué

Tout portait donc à croire qu'au lieu d'une bataille rangée entre deux camps distincts, on allait plutôt assister à un échange de tirs croisés. Ceux qui semblaient être des alliés naturels se retrouvaient dos à dos en ce début de crise.

Mais certains, tout en récusant les positions des autres, avaient aussi leurs propres doutes. La soudaineté et l'ampleur de la crise les avaient surpris et, malgré la force de leurs convictions, ils avaient encore du mal à adopter une stratégie claire. Diomaye, en particulier, était de ceux-là.

Cette nuit-là, contrairement à son habitude, il eut beaucoup de mal à garder son calme. Un désir ardent de se jeter sur la lame qui l'avait longtemps menacé lui embuait l'esprit.

Il était pleinement conscient de la puissance des forces en jeu. Il avait aussi, mieux que quiconque, pris la mesure de la tension qui régnait. Tout en y réfléchissant, une sorte de fièvre s'était progressivement emparée de lui.

Il ne dormit donc pas. Pire encore, il se leva tôt le matin suivant, plus embrouillé dans ses pensées qu'il ne l'avait été la veille. La nuit, contrairement à ce qu'avaient souhaité Yandé et Serlet, n'avait pas été bonne conseillère.

Convaincu cependant de l'imminence de la crise et de la nécessité pour lui d'agir, il jugea que, dans sa situation, le mieux qu'il pouvait faire était d'aller chercher de l'aide. Il fallait, se disait-il, suivre le conseil de Yandé et, en bon stratège, calmement, analyser la situation pour voir comment en tirer le meilleur parti.

Mais le calme et la sagesse étaient paradoxalement ce qui lui faisait le plus défaut en cette matinée de crise. Fort heureusement, il savait où en trouver.

Sans hésiter, il se rendit tout droit à Pékhé, convaincu d'y trouver même à une heure aussi matinale la seule personne qui, pensait-il, pourrait en ce moment lui venir en aide.

Saltigué, comme à son habitude, était accroupi au milieu de la place, sous le baobab qui, paraît-il, aurait poussé au-dessus de la tombe de l'ancêtre. Il avait le dos tourné à l'arbre et faisait face au sud. Son menton, légèrement relevé, lui donnait une allure altière et son visage, comme figé dans la cire, s'offrait avec sérénité au souffle du vent.

Diomaye s'approcha sans bruit de l'étrange personnage et s'assit sans mot dire à sa gauche, dans le même alignement, de manière à faire face, lui aussi, à la partie australe de la place. Et, comme pour compléter cette imitation parfaite du vieil homme, il leva aussitôt la tête et, à son tour, se mit à scruter l'horizon.

Qu'est-ce qui, dans ce firmament vide, pouvait capter l'attention du vieillard de façon si intense ? Quel spectacle, interdit au commun des mortels, pouvait le passionner autant ?

Diomaye scruta l'horizon avec toute l'intensité de son regard. La dérive lente et interminable des nuages était le seul spectacle qui s'offrait à lui.

Las, il baissa les yeux et se retourna pour observer de près la face figée du vieillard. Ce dernier n'avait pas changé de posture. Cependant, son visage manifestait plus de vie. L'œil était brillant et les lèvres, discrètement tirées sur les côtés, peignaient sur sa face un air intrigant. En plus de l'énergie et de la sérénité qui s'en dégageaient, on avait nettement l'impression qu'il souriait.

On disait, au sein de la communauté, que Saltigué avait une maîtrise presque parfaite des éléments de la nature. Non seulement il pouvait prédire leurs moindres manifestations, mais, mieux encore, il pouvait les commander.

Diomaye crut donc bon de briser le silence en s'enquérant des prévisions météorologiques du vieux sage :

– Il va bientôt pleuvoir, n'est-ce pas Saltigué ?

Il n'y eut pas de réponse ; mais il lui sembla que le visage, tantôt serein, s'était soudain drapé d'arrogance. Le sourire, à peine perceptible il y a un moment, était maintenant on ne peut plus distinct. La question que Diomaye jugeait tout à fait à propos provoquait ainsi une réaction inattendue.

– Je me demande, dit le vieil homme, ce qu'ils vous apprennent là-bas.

– Je vous l'ai déjà dit, répondit Diomaye. Ils nous apprennent à compter…

– Oui. Ils vous disent que deux et deux font quatre, mais ce n'est pas vrai. C'est trop abstrait tout cela, et le monde n'est pas une idée abstraite. L'être n'est pas non plus accumulation, mais mutation. Le monde n'est pas une étendue qu'il faut remplir. On ne s'ajoute pas ; on se reproduit et on se transforme.

– Avec les nombres, on apprend aussi à transformer…

– Oui, en fait, ce que tu m'as expliqué, c'est que vous décrivez les choses avec les nombres, puis vous les imitez. Et cela vous donne l'illusion du pouvoir. Mais la nature que vous copiez vous devance de loin. Sinon, vous ne la copieriez pas. En vérité, tout a été créé à dessein. Si vous ne comprenez pas le sens des choses, vous courrez toujours derrière elles. Vous ne pourrez jamais exercer votre pouvoir sur elles. Et puis, vous ne pouvez décrire que ce que vous voyez. Ce que vous ne voyez pas, et qui est le plus important, échappe à votre science des nombres et de la description. Ce qu'il faut vous apprendre, c'est le sens du monde.

– Saltigué, quel sens se cache derrière l'horizon nuageux que vous fixez du regard ?

– Je ne regarde pas l'horizon. Ce que je regarde ou ressens est derrière moi ou en moi, pas devant moi. J'essaie d'éprouver dans toute leur plénitude les forces du moment qui me gonflent comme une voile et m'entraînent vers le futur.

– C'est peut-être ce qu'on appelle entretenir sa conscience. Je m'excuse d'avoir perturbé votre exercice spirituel.

– Non, mon fils ; il ne s'agit pas aujourd'hui d'un simple exercice. Aujourd'hui est un jour d'épreuve.

– Vous savez donc déjà ?

– Oui, je sais. Des hommes de Wagane sont venus m'avertir hier soir. Il faut avouer que je m'y attendais déjà depuis longtemps.

Tant mieux, se dit Diomaye. *Cela m'évite la peine de lui transmettre la nouvelle moi-même. Annoncer à Saltigué la destruction prochaine de ce site, c'est un peu comme lire à quelqu'un son arrêt de mort. Ce n'est pas chose facile.*

Maintenant que c'était fait, il lui semblait plus aisé de discuter des conséquences et de solliciter des conseils. Saltigué avait peut-être amplement eu le temps de penser à l'événement puisque non seulement il en avait été informé la veille, mais en plus, il venait d'admettre qu'en visionnaire, il l'avait depuis longtemps prévu.

– Saltigué, reprit Diomaye après une longue pause, comment va l'Esprit aujourd'hui ?

– L'Esprit est serein. Il n'a pas besoin de nous. Le monde a changé, mais Lui demeure. Il est plénitude et repos.

– Va-t-il nous venir en aide ?

– Il ne nous est pas attaché. C'est nous qui devons aller vers Lui. Si nous nous en montrons incapables, nous en pâtirons tout seuls.

– Même si nous le supplions ?

– Ce qu'il décide de faire, il le fait en toute liberté. Nos souffrances ne l'atteignent pas. Nos joies lui sont étrangères.

– Mais alors, pourquoi le vénérer ?

– Parce qu'il est le souffle qui donne la vie à notre peuple, nous lui rendons grâce.

– Que deviendrions-nous sans lui ?

– Nous nous perdrions. Il est la voie. Il faudrait le rechercher et le retrouver.

– Dis-moi, Saltigué, comment faire pour ne pas s'égarer ? Comment faire pour rester sur la voie ?

– Il faut l'élargir ; il faut l'approfondir. La voie ne s'emprunte pas, elle se construit.

– Saltigué, comment construit-on la voie ?

– Par la passion. Il n'y a pas de cheminement sans grande passion.

– Saltigué, d'où part-on et où allons-nous ?

– On part de lui et on revient à lui. C'est un trajet court, mais le cheminement est long. Un pas ne garantit pas souvent l'autre. L'effort doit être permanent.

– Saltigué, notre peuple est-il sur la voie ?

– Non, nos guides ont perdu la voie et le peuple qui les suit va à sa perte.

– Saltigué, montrez-moi la voie, je la montrerai au peuple.

– Mon fils, en ce moment, tu es sur la voie.

Oui, mais encore ! pensa Diomaye, un peu déçu par le caractère énigmatique des réponses du vieil homme. Il se tut cependant et n'osa rien dire, par crainte de paraître stupide aux yeux du sage.

Saltigué, devinant peut-être son malaise, reprit :

– Le monde est en train de grandir sous nos yeux, et il n'y a aucune raison d'en avoir peur. Nous y avons encore tous notre place, mais c'est à nous de la prendre.

– Saltigué, le monde de demain, tel qu'il s'annonce aujourd'hui, ne fera pas de place à l'Esprit de ces lieux. C'est pour bâtir ce monde qu'on s'apprête à détruire ce site.

– Non, ce site est menacé parce que ceux qui le vénèrent ne font pas partie des architectes du futur. Lécuyer s'attaque aux apparences. Il ne s'attaque pas à l'Esprit de ces lieux, parce qu'il ne le voit pas et ne le connaît pas. Et il ne voit pas l'Esprit, parce que ce dernier a cessé de vivre en ceux qu'il côtoie quotidiennement et avec qui il veut bâtir le futur. Tu es accouru ce matin pour protéger ce site, mais un tel combat est vain. L'Esprit n'a pas besoin de protection. L'Esprit a besoin d'être vécu. S'il reste en toi, s'il survit dans le peuple, il se manifestera à Lécuyer, et alors, crois-moi, ni lui ni personne n'osera s'attaquer à ce site.

Le vieil homme prononça ces dernières paroles avec beaucoup de soin et de fermeté. Le message qu'il venait de transmettre semblait lui tenir à cœur et il avait articulé chaque mot avec une certaine insistance, comme pour en souligner l'importance. On sentait que c'était là une vérité qu'il avait longtemps mûrie et dont il connaissait tous les contours. Il était donc inutile de lui opposer un quelconque argument.

CHAPITRE 12

Veillée d'armes

Les pensées profondes de Saltigué étaient encore intelligibles dans le calme limpide de cette matinée, veille de la manifestation. Le torrent d'événements qui se formait alors lentement ne charriait pas avec lui les vagues d'émotions qui allaient bientôt troubler sa surface. On pouvait, dans la sérénité qu'offrait l'environnement sacré de Pékhé, s'y pencher et percevoir les formes cachées qui en déterminaient le cours.

Saltigué, le gardien du temple, conseillait de ne pas s'agripper au passé comme à une bouée de sauvetage. Le monde, selon lui, grandissait et il fallait grandir avec lui. Il n'y avait pas d'autre vérité, pas d'alternative. Il fallait autant que possible ouvrir et élargir sa perspective. Tout, désormais, devait se mesurer à l'aune de cette nouvelle échelle qu'était le monde moderne. Un monde grand, dynamique, ouvert et multiforme. Un monde où toute vérité et toute coutume pouvaient être menacées, mais où l'Esprit, dont la quintessence était l'action et le dépassement, devait, en dernier lieu, triompher.

Mais, debout aujourd'hui derrière cette foule qui semblait en majorité acquise à la cause de Wagane, Diomaye pouvait, sans peine, mesurer la distance qui séparait les manifestants de la vision énoncée la veille par le vieil esthète. Quelque part dans le temps, le lien qui arrimait le peuple à la pensée fertile du sage avait été défait. Les émotions flottaient désormais comme des bulles, énormes, mais fragiles, sur la surface sulfureuse de la misère dans laquelle était embourbée la communauté.

Wagane, qui avait une grande part de responsabilité dans cette dérive, tentait maintenant vainement de proclamer sa neutralité. Comble d'effronterie, il demandait à Diomaye d'accepter cette nouvelle réalité comme une fatalité et de la laisser s'exprimer dans toute sa nudité.

Mais ce type de manœuvres lui semblait en ce moment dérisoire. Lécuyer n'était qu'une diversion et l'alibi de leur amitié était plutôt risible, étant donné leur machiavélisme affiché.

– Je n'ai pas besoin de toi pour décortiquer les sentiments de cette foule, répondit Diomaye calmement. J'ai pris le soin de les étudier et je sais la part que tu as dans cette mise en scène.

– C'est ce que tu penses, répliqua Wagane d'un air amusé. Mais sais-tu vraiment ce qui se passe ?

Diomaye, une fois de plus, s'abstint de répondre. Il comprenait sans peine le sens de la réplique de son interlocuteur, qui ne ratait jamais une occasion de lui reprocher le trop de temps qu'il passait enfermé dans sa tour d'ivoire.

Cette fois cependant, Wagane se trompait. Au lieu d'observer comme à son habitude, à distance, les événements qui avaient précédé la manifestation, Diomaye était en fait résolument allé à leur rencontre.

De Pékhé, où il venait de se recueillir aux côtés du vieux sage, il s'était rendu directement à son lieu de travail. L'atmosphère qu'il y avait trouvée était électrique. L'endroit, qui regorgeait de cadres affiliés au Club des Premiers, bruissait déjà de mille rumeurs. Les ouailles de Wagane, montées sur leurs grands chevaux, arboraient leurs poses magnifiques de protecteurs du peuple. Un peuple qu'ils disaient exsangue et que l'avidité d'un spoliateur sans foi menaçait jusque dans ses derniers retranchements.

Bien entendu, ils avaient aussi consciencieusement pris soin de redéfinir la cause pour laquelle ils s'apprêtaient à se battre. Dans leur entendement, il fallait voler au secours de leurs frères, ces paysans ignorants qui, une fois de plus, risquaient de se faire rouler par Lécuyer.

L'idée, bien sûr, ne leur vint jamais de consulter leurs protégés. Ces pauvres bougres, qui ne savaient même pas compter, ignoraient tout de la valeur de la place. Les liens émotifs très primaires qui les liaient à Pékhé et leur faisaient craindre la profanation du lieu sacré n'avaient rien à voir avec les vrais enjeux de la situation.

Des bribes de conversation truffées d'arrogance et de cupidité parvenaient ainsi sans cesse à Diomaye, qui n'en croyait pas ses oreilles. Cette nouvelle donne, qu'il avait soupçonnée dès qu'il avait appris par l'intermédiaire de Saltigué que Wagane était mêlé à l'affaire, l'agaçait au plus haut point.

Sur le coup, il avait eu envie de se précipiter au siège du Club des Premiers pour dire son fait à Wagane. Mais la raison, comme d'habitude, avait pris le dessus sur ses pulsions. Se quereller, en effet, aurait été une perte de temps.

N'était-il pas de toute façon déjà trop tard ? Le grain, le mauvais grain, était semé et on ne pouvait plus désormais contrôler l'impact que cela allait avoir sur l'opinion.

Au cours de cette même matinée, il avait aussi reçu la visite inhabituelle de sa femme, Yandé, dans son bureau. Cette dernière, qui travaillait encore comme infirmière au service du père Monchallon, était déjà au courant de beaucoup de choses. Sa tournée quotidienne l'avait, comme de coutume, menée de porte en porte et elle avait, dans chaque maison, ressenti le même état de bouleversement et la même confusion, entendu les mêmes rumeurs et perçu la même détermination.

Cette impression globale l'avait confortée dans l'idée que quelque chose de majeur allait se passer. C'était évident. La coupe était manifestement pleine et la colère longtemps contenue débordait maintenant des poitrines.

Yandé, pour autant, n'en déduisait pas une raison de s'alarmer outre mesure. Sa nature calme et réfléchie, de même que les exigences de son emploi lui avaient appris à dépasser les apparences alarmantes de la détresse humaine. Les colères et les souffrances s'exprimaient, comme toujours, dans l'exubérance. Mais elle avait vu trop de montagnes accoucher de souris pour s'effrayer à la moindre agitation.

La problématique qui occupait l'esprit de son mari lui était malgré tout familière. Ils en avaient débattu de manière abstraite, à plusieurs reprises, bien avant le début des événements. Elle savait que ce qui se passait sous ses yeux en ce moment était le fruit des contradictions que son mari n'avait de cesse de dénoncer.

Mais, comme lui, elle était consciente du fait que cette analyse claire de la situation n'était pas encore partagée par la grande majorité. La confusion manifeste qui frappait la plupart des esprits lui faisait penser que, dans le court terme, on ne pouvait au mieux espérer que des mouvements d'humeur, comme ceux qui se propageaient en ce moment dans la communauté.

Hormis quelques débordements qui ne manqueraient pas d'en découler, elle n'était donc pas alarmée et ne ressentait rien de la fièvre qui habitait son mari.

Ce dernier avait choisi d'être non pas un observateur averti des événements, mais plutôt un catalyseur. L'enjeu pour lui n'était pas de savoir ce qui allait se passer, mais plutôt ce qui pouvait se passer.

Qu'allait-il pouvoir faire ?

Le rythme auquel se succédaient les événements de la journée ne lui laissait cependant guère le temps de méditer sur cette question. Peu après le départ de Yandé, les bruits de couloir, qui s'étaient progressivement estompés, avaient subitement repris. Il lui avait même semblé que, par rapport à l'agitation de tantôt, le niveau d'excitation avait sensiblement augmenté.

Sans tarder, il s'était précipité dehors pour se joindre de nouveau à l'un des groupes qui s'étaient formés aux abords de son bureau. Mais les employés, qui semblaient, pour on ne sait quelle raison, avoir une conscience aiguë de sa présence, se dispersèrent dès qu'il se fut joint à eux. De plus en plus intrigué, il s'était précipité vers l'un d'eux, qu'il avait rattrapé presque de justesse alors qu'il s'apprêtait à refermer la porte de son bureau derrière lui.

– Guirane, avait-il supplié, presque haletant, dis-moi ce qui se passe. Pourquoi tout ce vacarme ?

– Oh ! rien de grave, c'est à propos de la manifestation que nous voulions organiser demain.

– Eh bien, qu'en est-il ? Il y a un problème ? Serait-elle annulée ?

– Pas exactement. Mais c'est ce que voudraient certains, avait répliqué Guirane, avec une pointe d'ironie dans la voix.

– Certains… Mais qui, qui donc ?

– Ton ami le Gouverneur, par exemple.

– Serlet ? Serlet a interdit la manifestation ? Et pourquoi donc ?

– Par crainte de troubles à l'ordre public. C'est du moins la raison officielle, avait répondu Guirane qui, manifestement irrité par cet interrogatoire, s'était engouffré dans son bureau et avait violemment claqué la porte derrière lui.

Il avait laissé Diomaye seul, plongé dans ses pensées. La conversation qu'il avait eue la veille à son domicile avec le Gouverneur lui était revenue à l'esprit. Il se souvint que Serlet avait juré de préserver l'ordre, quoi qu'il arrive.

Mais ce qui se préparait n'était pas une menace directe pour l'ordre public. C'était une simple manifestation et, pour prudent que soit Serlet, son sens élevé du droit aurait dû, à son avis, lui permettre de s'interdire un tel ostracisme.

Que s'était-il donc exactement passé ?

Serlet, assurément, devait avoir ses raisons d'agir de la sorte. Mais il n'était pas près de les découvrir en restant enfermé entre quatre murs durant toute la journée. Or, le temps était venu de se jeter au cœur de l'événement et d'en vivre les moindres battements.

Il alla donc à la recherche du vieux Malang Kor, qu'il fréquentait maintenant régulièrement, depuis leur rencontre houleuse au Club. Il avait découvert, au fil de leur amitié, que le vieux professeur, en plus d'être incurablement grincheux, était une sorte de revue de presse montée sur deux jambes. Il avait des connaissances dans tous les milieux et était animé d'une curiosité insatiable qui le poussait à mettre son nez partout.

C'est ainsi que Diomaye apprit de lui que le Gouverneur avait, dans un premier temps, donné à contrecœur son accord de principe pour la tenue de la manifestation. Son revirement était dû à l'émergence, au sein du mouvement de protestation, d'un nouveau pôle qui rejetait toute négociation et ne voulait simplement pas entendre parler de l'annexion de Pékhé.

Ce pôle, que le vieux professeur avait surnommé « le pôle des radicaux », était principalement composé d'ouvriers agricoles et de villageois des environs, qui avaient tous en commun un attachement mystique à Pékhé. A ces ruraux s'étaient aussi joints les militants du parti écologiste qui, par principe, étaient opposés à toute industrialisation accélérée de la localité.

Ce dernier développement avait suscité des sentiments mitigés chez Diomaye. D'un côté, il était heureux et fier de découvrir que Wagane et les siens n'avaient pas embarqué toute la région dans leurs manœuvres douteuses. Certains étaient encore assez lucides pour comprendre que le problème était différent de celui que posaient les membres du Club. De l'autre, il était ulcéré d'entendre que Serlet s'opposait maintenant à la manifestation, sous prétexte d'éviter les débordements qui ne manqueraient pas de découler de la confrontation entre les deux camps.

Sa profonde conviction était qu'il fallait à tout prix laisser les gens exprimer le malaise que leur causait la décision de Lécuyer.

Certes, il était, de son propre point de vue, regrettable que l'on n'ait pas, pour le moment, pu adopter une position commune sur la question. Et il était encore plus regrettable que la position majoritaire fût d'inspiration purement matérialiste. Par-dessus tout, il était dommage que sa position à lui, Diomaye, celle qui consistait à placer la problématique de l'évolution de la communauté et de son adaptation aux mutations du temps au cœur même de la crise, ne fût encore adoptée par aucun des camps.

Mais, malgré tout cela, ou peut-être à cause de cela, il fallait cette fois laisser la communauté s'exprimer. Comment, en effet, obtenir de celle-ci qu'elle s'aligne comme un seul homme sur la meilleure position, si l'on empêche ses membres d'exprimer ouvertement leur point de vue ? La crise devait à tout prix servir de plateforme à une réflexion commune.

Cette conviction, que Diomaye s'était forgée depuis son entrevue avec Saltigué, ne cessait de se fortifier à mesure qu'il prenait connaissance de l'évolution des événements. Mais elle ne suffisait hélas pas à dissiper le trouble qui s'était emparé de son esprit.

Il ne savait toujours pas quoi faire et avait horreur des réactions impulsives. Tout au moins était-il convaincu qu'il était important, quoiqu'il arrive, de maintenir les choses en mouvement.

Dans un premier temps, il avait pensé aller voir Serlet pour essayer de le faire revenir sur sa décision. Cela était bien dans ses moyens puisque la veille, le Gouverneur s'était déplacé en personne pour venir lui demander conseil.

Mais, après réflexion, il avait décidé qu'il était peut-être trop tôt pour une telle discussion. Il ne pouvait pas en ce moment aller confronter Serlet sur la base des récits colorés du vieux Malang ou des excentricités qu'il avait pu observer le matin même à son bureau.

Au lieu de cela, il avait jugé plus utile d'aller à la découverte du nouveau pôle de contestation, dont l'attitude correspondait mieux à ce qu'il avait prévu la veille, en écoutant Serlet lui révéler le projet de Lécuyer.

CHAPITRE 13

Le spectre brisé

Diomaye décida, après avoir quitté le vieux Malang, de se rendre à pied au quartier de la vieille ville. C'était là que, d'après le vieux professeur, le mouvement des radicaux était né.

Son choix de couvrir la distance à pied n'était pas gratuit. La rue qui menait à la vieille ville était en effet la rue la plus fréquentée par les membres de la communauté. Elle était, comme il aimait souvent se le répéter, une sorte de vitrine du peuple. En cette après-midi tumultueuse, il n'y avait pas, dans son appréciation, de meilleur endroit pour surveiller de près le pouls de l'hystérie collective. Il pouvait, en descendant cette rue, observer à loisir les réactions des gens et étudier, dans leurs moindres détails, les émotions suscitées par la décision de Lécuyer.

Mais, au-delà de cette expérience, une quête encore plus fondamentale le poussait presque irrésistiblement à s'immerger dans l'atmosphère de la rue principale. Il était, en effet, à la recherche d'une réponse à une question qui, depuis longtemps, lui taraudait l'esprit. Il voulait savoir quel lien invisible soudait cette population et forçait ses membres à vivre ensemble. Au-delà des contingences historiques et des simples besoins vitaux, y avait-il quelque chose que partageaient les gens qui fréquentaient assidûment cette rue ?

Malgré l'atmosphère de mobilisation générale qui régnait tout au long de son parcours, la réponse à sa question fut difficile à trouver. Les circonstances lui permettaient certes de percevoir davantage de traits particuliers, que la colère rendait aujourd'hui encore plus saillants. Les gens qui fréquentaient la rue avaient, à n'en pas douter, leur propre sensibilité. Et, aujourd'hui plus que jamais, leurs différences étaient visibles et pleinement assumées. L'attachement aux traditions qui, pour l'essentiel, inspirait leurs opinions était aussi plus éloquent et plus admirable.

Mais, ensemble, leurs attitudes ne formaient qu'une simple apparence laissée à l'appréciation de l'observateur. Tout cela ne dégageait pas encore, dans l'appréciation de Diomaye, une identité assez forte pour s'imposer d'elle-même au regard du passant. Par conséquent, on avait du mal à attribuer à cette communauté, au passé par ailleurs si remarquable, une présence concrète et consciente dans l'arène du futur.

Dans l'esprit de Diomaye, une telle absence inspirait tragiquement la plupart des commentaires grotesques qu'il percevait çà et là, en descendant la rue. Le cri du cœur de cette communauté outrée par l'affront de Lécuyer était, comme il s'y attendait, haut et audible. Mais, on avait nettement l'impression, en l'écoutant, que ses membres s'apprêtaient à se battre contre des ennemis mal identifiés.

Mon peuple, pensa Diomaye, *vit confiné dans une bulle épaisse, couverte de buée. Il suffoque à l'intérieur et a du mal à voir ce qui se passe à l'extérieur. Mais, pour le moment, il se complaît dans cette bulle, car des gens comme Wagane ont réussi à y aménager une soupape par laquelle ils injectent, au compte-gouttes, de l'oxygène.*

Le peu d'argent que Wagane soutire aux spoliateurs et partage avec eux leur assure, en effet, une survie temporaire à l'intérieur de la bulle. En plus de cela, ils peuvent aussi compter sur les salaires de misère que leur offrent Lécuyer et ses semblables. Mais cette maigre pitance, dont ils ignorent l'origine exacte, les limite à une survie continuelle et leur ôte, par la même occasion, les moyens et l'envie de vivre.

Ils n'ont ainsi, dans l'immédiat, aucune envie pressante de faire éclater la bulle qui les emprisonne. Beaucoup d'entre eux ne savent rien du monde qui les a ainsi réduits à des moins que rien. Ce même monde qui les définit maintenant comme des tierces personnes les écrase sous le poids de sa complexité. Ils se contentent de le subir avec toute la patience qu'inspire l'ignorance presque parfaite des mécanismes qui ont permis d'aboutir à leur soumission.

Ce n'est pas du fatalisme. Ce n'est pas non plus de la paresse. Dans le fond, ils n'ont jamais vraiment adhéré au monde qui se développe autour d'eux. Ce n'est pas leur monde et ils s'en sont écartés dès le début. Brutalement confrontés à son apparence à la fois abstraite, mécanique et dominatrice, ils se sont sentis mal à l'aise et se sont retranchés derrière leurs traditions.

Et cette retraite dure encore, parce que l'on ne s'est toujours pas attelé sérieusement à les aider à surmonter le choc originel. Ceux qui devaient se charger d'une telle transition ont, semble-t-il, jugé qu'il était au contraire dans leur intérêt d'amplifier le malaise. Ils s'en sont donc donné à cœur joie, faisant dans l'imitation et la supercherie, à un degré jamais atteint par leurs maîtres eux-mêmes.

Ainsi plongé dans ses pensées et parfois distrait par les conversations amusantes qui lui parvenaient çà et là, le long du chemin, il se retrouva bientôt, sans même s'en rendre compte, aux portes du quartier de la vieille ville. Sans hésiter, il se dirigea tout droit vers la demeure du Lamane. Celle-ci, qu'on appelait la Maison mère, était située au milieu du quartier. Son allure extravagante, combinée au décor de bidonville dans lequel elle était plantée, la faisait ressembler à un vrai palais.

Il n'y avait en effet pas alentour une seule habitation comparable, même de loin, à la Maison mère. L'extrême pauvreté dans laquelle pataugeaient les autres habitants du quartier se reflétait fidèlement dans l'aspect rustique et délabré de leur habitat. Ils vivaient pour la plupart dans de vrais taudis, que leur misère ne leur permettait même pas d'entretenir convenablement.

Par contraste, le palais du Lamane offrait de l'extérieur le spectacle insolent de son architecture recherchée. De l'intérieur, le luxe était encore plus apparent et extravagant. On eût dit que la maison disposait de tentacules invisibles qui s'accaparaient tout ce qui était bon ou avait de la valeur alentour et l'accumulait céans. Tout ce dont on pouvait avoir besoin dans une maison se retrouvait ainsi à volonté dans la demeure du Lamane. Meubles, décoration, nourriture, liqueurs, argent, objets précieux, femmes, domestiques, courtisans, tout était à la fois abondant et apparent.

En temps normal, donc, une atmosphère d'opulence, fortement tintée d'exhibitionnisme, se dégageait dès l'abord de la maison. Mais en y entrant cette fois-ci, Diomaye ressentit, en plus de la répugnance habituelle que lui inspiraient les lieux, quelque chose de nouveau. La superbe qu'y affichaient ostensiblement les habitants et leurs courtisans avait complètement disparu. A la place, il percevait une sorte de surprise et de désarroi profonds, qui peignaient sur les visages des airs hagards et chagrins.

Visiblement, le Lamane et sa cour considéraient l'initiative de Lécuyer comme une sinistre trahison. Ils avaient espéré tout, sauf un tel affront de la part de ces mêmes gens qui, pendant si longtemps, leur avaient généreusement mis une cuillère d'or dans la bouche. Ils ne pouvaient pas concevoir que ces alliés qui, jusque là, s'étaient appuyés sur eux pour asseoir leur domination sur la contrée, aient choisi de s'attaquer à la quintessence même de leur pouvoir.

Qu'étaient-ils en effet, si ce n'est les descendants directs de l'aïeul ? N'était-ce pas cette filiation vénérée religieusement par le peuple qui leur valait d'être aujourd'hui reconnus comme des princes ? Que deviendraient-ils si l'on s'attaquait impunément et avec succès à ce symbole ?

Le Lamane, plus que quiconque, avait pris la mesure de la menace. Il était complètement effondré et en plein désarroi. C'est pourquoi, dès qu'on l'eut informé de l'arrivée de Diomaye, il suspendit tous ses conciliabules avec les courtisans habituels et entreprit de le recevoir séance tenante. Cet empressement tout à fait inhabituel amusa Diomaye. *Son Altesse a perdu de sa hauteur*, pensa-t-il malicieusement. C'était déjà ça d'acquis.

Emu par la détresse manifeste de son hôte, il l'écouta avec bienveillance narrer la désillusion que venait de lui causer Wagane. Ce dernier lui avait en effet rendu visite la veille, pour l'entretenir des projets de Lécuyer et le faire adhérer à son plan de riposte. Wagane était tellement habitué à jouer au courtier entre Lécuyer et le Lamane qu'il ne prenait même plus la peine de déguiser ses plans quand il venait les lui exposer. Tout content d'avoir découvert une nouvelle combine qui allait lui permettre de profiter de la crise, il avait en apparence complètement perdu de vue l'incongruité du marché qu'il proposait au vieux Lamane. Dans son entendement, ce dernier était tout aussi cupide et intéressé que lui. N'avait-il pas jusqu'ici accepté sans rechigner tout l'argent qu'il lui avait proposé en échange de faveurs pour ses puissants amis ?

Mais, cette fois, hélas pour Wagane, les termes de l'échange paraissaient inacceptables aux yeux du Lamane.

– J'ai toujours accepté de tirer profit de la présence des étrangers par l'intermédiaire de Wagane, confia-t-il dès que Diomaye se fut assis. Grâce à lui, l'occupation de notre pays par les étrangers m'a été paradoxalement très bénéfique. J'ai pensé un moment être l'homme le plus heureux du monde. Je ne faisais rien et l'on me donnait tout, car j'étais la garantie de la stabilité du pays. Avec mon consentement, ils ont donc soumis mon peuple aux pires des sévices et, tant que j'étais épargné, ils pouvaient tranquillement continuer à maltraiter mes sujets. Je pensais qu'il était naturel pour moi de jouir seul de leurs largesses, car je suis chef et un chef doit jouir de son pouvoir. Cela, personne ne pourra jamais me le reprocher. Mais je ne me suis jamais vraiment demandé quelle était la finalité de leurs actions. Je ne sais pas pourquoi ils sont venus et pourquoi ils font ce qu'ils font. Je ne connais pas leur civilisation et je ne m'y suis jamais intéressé. Je ne sais pas ce qu'ils pensent, ni ce à quoi ils croient. Le peu que j'en sais me les fait trouver étranges et parfois ridicules. Mon lien avec eux était cette cuillère dorée que tenait Wagane. Je ne sais rien d'eux.

– Maintenant, vous savez, rectifia promptement Diomaye.

– Non, je ne sais toujours pas. Mais je n'avalerai pas la bouchée qu'ils me servent aujourd'hui. C'est du poison. Ils veulent que je me donne la mort. D'ailleurs, tout ce temps que je mordais dans leur cuillère d'or, c'était du poison que j'avalais. Ils m'ont tué à petit feu, car ils ont, avec mon consentement, détruit mon peuple. Et sans ce peuple, je ne suis rien. S'ils m'attaquent aujourd'hui, c'est parce qu'ils savent que je n'ai plus personne pour me défendre. Tout ce temps, ils me tuaient à petit feu.

Les confessions du Lamane émurent profondément Diomaye et il se surprit à éprouver de la pitié pour ce personnage qui, en temps normal, le répugnait à cause de sa veulerie.

Cette pitié, cependant, se mua très vite en tristesse, puis en colère. Ce Lamane défaillant était en train de déshonorer une institution pour laquelle il avait le plus profond respect, et cela lui causait beaucoup de peine.

A l'évidence, les choses n'allaient pas mal simplement parce que la communauté était brutalement confrontée à un nouveau monde qu'elle ne comprenait pas. C'était aussi parce que son propre monde était décadent. Le pilier central qu'incarnait le Lamane ployait sous le poids de la corruption. La charnière était maintenant bancale et l'effondrement du système n'était plus qu'une question de temps.

« *C'est la fin des mondes, le centre des choses ne tient plus* », pensa-t-il amèrement. Nos chefs n'ont pas seulement perdu la voie, comme le confiait tantôt avec sérénité Saltigué ; ils ont embourbé la caravane. Et ce n'est pas qu'on ne sache plus où l'on va. C'est qu'on nous a menés dans des marécages et il n'y a plus personne pour nous en tirer.

Le peuple qui, au-dehors, tout au long de la rue qu'il avait empruntée, couvait sa colère n'aurait donc personne pour le guider dans son combat. Celui qui devait incarner le repère qu'il voulait en ce moment protéger était en pleine décomposition sous ses propres yeux. Etait-il encore temps de récupérer ses restes pour les présenter en effigie aux combattants de demain ? Douloureusement, il consentit à tenter, au moins une dernière fois, de réaliser un tel miracle.

– Lamane, commença-t-il d'une voix calme et posée, ton peuple a beaucoup souffert, mais il n'est pas mort. Il est vivant et je l'ai rencontré en venant ici, dans la rue et dans ta propre cour. Ils sont tous là, jeunes, femmes, chefs de famille et vieillards, pleins d'énergie et d'enthousiasme. L'épreuve qui semble t'anéantir a rallumé en eux le feu que tu croyais éteint. Ils sont prêts à te défendre. Ils sont prêts à défendre ce que tu incarnes et qui représente tout pour eux. Ce n'est pas le moment de les abandonner et de te recroqueviller dans le microcosme de tes malheurs privés. Tes faiblesses personnelles alimentent les potins contemporains, mais laissent encore vierge ta page dans le livre de l'histoire. Tu n'as encore rien fait de mémorable ni en mal ni en bien, malgré les opportunités que t'offre ta position. Jusqu'ici, tu n'as fait que te laisser faire et céder à des tentations de toutes sortes. Tu es encore inexistant aux yeux du monde. Demain, tu auras une fois de plus rendez-vous avec la postérité. Si tu t'y rends, tu auras la chance de marquer de ton empreinte l'histoire de notre peuple et de rester à jamais présent dans sa mémoire. Car les données te sont favorables. Ton peuple a soudain rouvert ses yeux. Il se souvient de nouveau de sa grandeur et réclame sa dignité bafouée. Il a retrouvé ses ambitions et est maintenant sur une rampe, prêt à s'élancer vers le futur. Mais il faut des repères pour guider cette ambition, et tu en es un. Il faut de l'ordre pour coordonner cet effort, et tu peux le représenter. Il faut de l'énergie pour franchir les obstacles qui ne manqueront pas de se dresser, et tu peux en être la source. Tu as donc encore beaucoup à donner, surtout aujourd'hui. De grâce, ne prive plus ton peuple de ce repère, de cet ordre et de cette énergie. Ils lui sont nécessaires pour rester debout et continuer à marcher, et ils ne sont pas faciles à trouver.

Le Lamane, qui, visiblement, n'était pas habitué à ce qu'on l'interpelle de la sorte, resta imperturbable pendant tout le temps que dura la tirade de Diomaye. A son attitude hésitante, on pouvait cependant deviner que, dans son interprétation, une partie au moins du discours que lui tenait ce dernier lui plaisait. En toutes occasions, des gens de toutes sortes ne cessaient en effet de lui rappeler sa position et de célébrer sa grandeur. Et tout imbu de sa personne, il ne se lassait jamais de se faire encenser. Il aimait cela et était donc heureux de constater que même Diomaye, qu'il considérait comme l'une des personnes les plus critiques à son égard, lui reconnaissait cette grandeur.

Mais, chose nouvelle, Diomaye lui parlait aussi de ses responsabilités et de ses devoirs. C'était là un langage nouveau dont il ne maîtrisait ni l'alphabet ni les règles. Il ne savait pas guider. Il n'avait jusque là été le dirigeant ou l'inspirateur de personne. L'idée elle-même l'effrayait donc presque autant que le projet de détruire la place de Pékhé.

Il remercia Diomaye et lui promit de réfléchir sur ce qu'il venait d'entendre. Il n'avait pas, lui confia-t-il, pour le moment, décidé de se joindre à la manifestation. Il avait par contre déjà pris la décision d'envoyer une délégation de notables et d'hommes politiques auprès de Serlet pour parler en son nom. Ceux-ci, d'après ce qu'il savait, seraient reçus le lendemain par le Gouverneur. Il ne voyait pas pour le moment de raison d'en faire plus, car il était convaincu que cette représentation suffirait à défendre avec honneur les intérêts de la communauté.

Diomaye, qui avait bien deviné le trouble de son hôte, jugea inutile de prolonger le débat et prit congé sans tarder. La dérobade du Lamane rendait les choses encore plus difficiles et le temps pressait.

Ce chef évanescent, qui n'était rien de plus qu'un parasite vivant sur le dos de son peuple et de ses traditions, allait une fois de plus les laisser à eux-mêmes. Et comme il arrive souvent en cas de vacance de pouvoir, des opportunistes comme Wagane, qui avaient jusque là sournoisement occupé le vide laissé par le Lamane, n'allaient pas manquer de se servir en son absence.

Qui donc, en ces temps graves, pouvait revêtir le manteau de tribun si lâchement abandonné ? La même réponse lui venait automatiquement à l'esprit à chaque fois qu'il se posait cette question, mais il l'écartait aussitôt, sans s'y attarder. S'il fallait en arriver là, se disait-il en luttant contre ses pensées, il aurait amplement le temps d'y réfléchir la nuit venue. Mais il n'aurait recours à cette ultime solution qu'après avoir épuisé toutes les autres alternatives.

Serlet, bien sûr, de par sa position, ne pouvait faire partie de ces alternatives. En ce moment, tout laissait croire qu'il s'était mis de l'autre côté de la barrière. Sa décision d'interdire la manifestation par crainte de troubles à l'ordre public avait été majoritairement perçue comme un acte d'allégeance à la cause de Lécuyer. Un tel revirement en avait, bien sûr, surpris plus d'un, à commencer par Diomaye lui-même. N'était-ce pas ce même Gouverneur qui, la veille, était venu chez lui dénoncer le projet de Lécuyer ?

Certes, Serlet avait en même temps évoqué sa crainte de voir la poudrière sur laquelle ils étaient assis sauter à la moindre étincelle. Mais il est une chose de maintenir l'ordre public, et une autre d'enfreindre la liberté d'expression. Interdire la manifestation, c'était en quelque sorte bâillonner le peuple, et Diomaye tenait au moins à faire comprendre à Serlet la portée de son geste.

Savait-on jamais ? Il était peut-être encore possible de le faire revenir sur sa malheureuse décision. De la maison du Lamane, il se rendit donc directement chez le Gouverneur. Hélas, ce dernier, qui, en temps normal, le recevait à tout moment sans formalité, était, cette fois-ci, indisponible. Il était occupé à discuter d'un plan d'urgence pour la ville avec le commandant de la police locale. Diomaye eût voulu interrompre cette veillée d'armes qu'il jugeait exagérée et complètement inappropriée, mais on ne lui permit pas d'accéder au bureau du Gouverneur. Ce dernier, par la voix de son aide, lui demandait de comprendre la gravité du moment et de revenir le voir très tôt le jour suivant.

Passablement contrarié, il rentra donc chez lui pour se reposer et se préparer aux événements du lendemain.

CHAPITRE 14

Le supplice d'un mutant

Pour la deuxième nuit de suite, Diomaye eut du mal à dormir. Les événements de la journée précédente défilaient de manière ininterrompue dans sa tête, sous forme de menaces qu'il jugeait toutes aussi redoutables les unes que les autres.

L'incurie d'une élite opportuniste et sans éthique, le déchaînement d'un magnat boulimique, la colère d'un peuple mal informé et sans repères, le désengagement d'un guide soumis à la tyrannie de ses besoins privés et, pour couronner le tout, une autorité nerveuse qui se bouchait les oreilles et voulait bâillonner son monde. Que fallait-il de plus pour parachever la désintégration d'une société déjà si émiettée ?

Pas grand-chose en vérité, concluait-il anxieusement, puisque chacun de ces ingrédients, à lui seul, suffisait amplement à la tâche.

Il n'en déduisait pas cependant une raison de sombrer dans le désespoir. Les nuits passées à ressasser les différents aspects de la crise lui avaient aussi permis, à la longue, de dominer les événements. Il avait, au bout du compte, fini par développer une profonde intimité avec la dynamique en cours.

Le matin suivant, il s'était ainsi senti envahir par un étrange sentiment de plénitude. Sa conscience, lui semblait-il, était dans un état d'éveil exceptionnel. Il avait maintenant une parfaite compréhension du présent, qui lui permettait de se jouer tranquillement des manœuvres des différents acteurs.

Ce fut donc avec confiance et sérénité qu'il s'en alla, très tôt le matin, affronter Serlet dans son bureau. L'entrevue avec le Gouverneur était désormais devenue une urgence pour lui. De toutes les menaces qui pesaient sur la communauté, l'attitude de ce dernier lui semblait en effet être la plus perverse.

Museler un peuple, se disait-il, revenait de fait à l'empêcher de penser en tant qu'entité. Or, la communication était l'essence même de la pensée collective. Elle permettait l'échange et la confrontation des idées. Il fallait donc, à tout prix, préserver le peu d'acquis qu'ils avaient dans ce domaine.

Serlet, il en était sûr, n'avait rencontré aucune résistance dans sa prise de décision. Très vraisemblablement, son entourage avait dû largement abonder dans son sens. Il était par conséquent impatient d'aller le voir pour lui faire part de ses objections. Qui sait, peut-être que le Gouverneur, hypnotisé par le danger qu'amplifiaient son imagination et les rumeurs savamment orchestrées par ses collaborateurs, redeviendrait lucide et reprendrait progressivement le contrôle des événements ?

Leur entrevue, rapportée au début de ce récit, n'eut cependant pas l'effet escompté. Le Gouverneur, d'habitude si loquace lors de leurs discussions, s'était, cette fois-ci, emmuré le plus clair du temps dans un silence éloquent.

Il avait, dans un premier temps, laconiquement fait entendre qu'il n'était pas disposé à revoir sa décision. Par la suite, cédant à la pugnacité de son interlocuteur, il avait consenti à s'expliquer sur son choix. Mais ce fut simplement pour confirmer que sa décision était mue par le souci d'éviter que le pays emprunte la voie de

Jean-Paul Diégane Ndong

l'aventure. Une aventure d'autant plus incertaine qu'elle manquait de dirigeants crédibles à ses yeux.

Une fin noble, reconnaissait Diomaye, mais qui ne justifiait pas les moyens employés. Interdire la manifestation d'un problème, ce n'était pas résoudre ledit problème. La décision de Serlet n'était en définitive que le prolongement malheureux de cette attitude dominatrice qui caractérisait, depuis toujours, le système qu'il servait. Pris en pleine tourmente, le Gouverneur avait, dans un geste frileux, décidé de tirer son épée du fourreau. Il s'apprêtait tranquillement à pourfendre, sans pitié, l'ambition légitime du peuple, au nom d'intérêts supérieurs qu'il s'était exclusivement réservé le droit de définir.

Aux yeux de Diomaye, cette attitude traçait clairement les limites du projet humaniste de Serlet. Ce pays était sa chose avant d'être son projet. Quelles que pussent être ses motivations, il agissait d'abord et avant tout en occupant.

Le constat d'une telle réalité lui était pénible. Mais il n'en était pas moins satisfait de sa visite. Avant de quitter le Gouverneur, il s'était en effet appliqué à lui démontrer les contradictions de son attitude. Sans complaisance, il avait pointé du doigt les zones d'ombre de sa doctrine et fustigé l'hypocrisie de sa décision.

La vanité temporaire de ses objections ne l'avait pas empêché de s'exprimer. Il était bien conscient de la difficulté qu'il y avait à influencer Serlet dans un moment aussi critique et, en d'autres temps, cela aurait peut-être suffi à le convaincre de garder le silence. Mais, aujourd'hui, de toutes les vertus qu'il voulait incarner, celle que procurait l'action était la première. Il voulait agir, quoi qu'il lui en coûtât et aussi dérisoires que pussent en être les résultats.

Il ne s'était donc laissé impressionner ni par l'attitude hautaine du Gouverneur, ni par les regards inquisiteurs de l'imposante délégation qui l'avait observé, en silence, sortir du bureau du Gouverneur. En celle-ci, il avait, dès l'abord, reconnu la délégation que le Lamane lui avait promis, la veille, d'envoyer auprès de Serlet. Il connaissait donc les motivations des dignitaires qui la formaient. Leurs parures magnifiques, de même que leurs mines imposantes, n'étaient qu'un leurre. Elles masquaient l'horrible réalité de la vanité de leur mission. Ils n'étaient finalement là que pour apaiser la conscience de Serlet et l'aider à perpétuer son ordre.

Partenaires indispensables à la préservation du système, ils étaient venus défendre leurs propres intérêts. En retour, dans l'éventualité d'une réussite, ils iraient imposer le silence et la résignation à une communauté sur laquelle ils exerçaient une influence sans limites.

Mais leur agitation était d'autant plus dérisoire qu'ils venaient soumettre leurs doléances à quelqu'un qui avait lui-même perdu le contrôle des événements. Le projet de confiscation des libertés que préparait Serlet n'était au fond que l'arbre qui cachait la forêt. D'autres menaces, moins explicites, planaient aussi sur la manifestation, mais les membres de la délégation en avaient, hélas, peu conscience. Derrière les apparences, il leur manquait une représentation claire et intelligible des dangers que les événements charriaient avec eux.

Les enjeux, ils semblaient l'ignorer, opposaient en définitive, dans chaque cas, une partie du peuple à l'autre. Des intérêts majeurs étaient en jeu et aucun groupe n'était encore disposé à renoncer à ses avantages présents dans l'intérêt d'une plus grande destinée commune. Non pas qu'un tel choix fût irrationnel, mais surtout parce qu'il eût été contre nature eu égard à la mentalité des différents acteurs.

C'était le consentement de toutes les parties impliquées dans l'organisation des abus sociaux qui avait permis la pérennisation des injustices et des anomalies. La confrontation ouverte entre ces différentes parties était ainsi un préalable indispensable à la résolution des problèmes.

Pour qu'il y ait un vrai changement, les masses étaient condamnées à affronter l'élite qui les manipulait et les exploitait sans retenue.

Les travailleurs, de leur côté, n'avaient d'autre recours que de se battre pour arracher de nouveaux acquis à leurs employeurs. Ceux qui respectaient encore les institutions traditionnelles devaient, un jour, se résoudre à désavouer l'actuel Lamane, qui n'était plus que l'ombre de ce qu'il devait représenter. Il n'y avait pas, selon Diomaye, d'autre issue.

Aujourd'hui, espérait-il, tous ces conflits larvés qui, jusqu'ici, se déroulaient en silence et dans la solitude allaient enfin pouvoir être révélés au grand jour et assumés pleinement. Ensemble ils pourraient, s'ils le voulaient, mesurer la fragilité de la base sur laquelle leur société était en train de se construire.

Ce genre d'auto-évaluation était, selon lui, à la base de tout progrès. Elle pouvait à elle seule, si elle se concrétisait, garantir le succès de la manifestation. Mais, pour que quelque chose en naquît, il fallait davantage éviter qu'elle ne se cristallisât dans le remords, la rancœur, le mépris ou la démission. Il fallait qu'au lieu d'inspirer des sentiments négatifs et inhibiteurs, elle fît naître un rêve et une vision.

Une vision qui allait enfin libérer les énergies et nourrir les passions. Une vision qui lui était familière et qu'il mourait d'envie de partager, non pas avec Wagane qui, depuis quelques instants, l'invitait de manière pernicieuse à la polémique, mais plutôt avec la foule entière.

N'étant hélas membre d'aucune des structures qui avaient parrainé la manifestation, il lui était difficile de se trouver une place dans le protocole. De surcroît, il était aussi émotionnellement trop esseulé pour se fondre dans la mouvance et se faire une place dans l'événement.

Il ne vibrait pas encore au rythme de la manifestation. Tout à l'heure, au sortir du bureau de Serlet, il avait été pris d'un profond malaise en traversant la foule. Sa sensation d'isolement était telle qu'il avait presque besoin d'un miracle pour concrétiser l'intense envie de contribuer à l'événement qui l'habitait depuis deux jours.

Le duo auquel l'invitait Wagane ne faisait qu'ajouter à son désarroi. Il craignait, en se laissant entraîner dans des discussions crypto-personnelles, de trahir l'esprit de la rencontre. Le seul aparté dont il rêvait aujourd'hui était un aparté avec la foule.

Wagane, qui était loin de se douter de cette préoccupation, n'en était pas moins contrarié par son silence. Mais il mettait cette attitude sur le compte de la rigidité d'esprit qui caractérisait Diomaye et qu'il ne cessait de lui reprocher. Sentant cependant cette fois qu'il n'arriverait pas à obtenir de son interlocuteur une conversation soutenue, il décida, au bout de quelques instants, de prendre congé et de retourner à l'avant de la manifestation. Mais, un brin magnanime, il lança en le quittant :

– Si tu comprends ce qui se passe mieux que nous, pourquoi te caches-tu et te tais-tu ? Prends la parole comme tout le monde et exprime tes opinions. Tu as des choses à dire, je le sens. Mais, comme à ton habitude, tu refuses de parler. Tu ne peux cependant rêver de plus belle tribune que celle-ci.

– Ne me tente pas, répliqua immédiatement Diomaye, à la fois surpris, mais prêt cette fois à sauter sur l'occasion.

Par cette ultime provocation, Wagane lui tendait en effet une perche inespérée.

– Viens donc, répéta fermement Wagane. Ce n'est pas une tentation. Il n'y a aucun péché à exprimer ses opinions en public. Au moins, tu sauras ce que les autres en pensent.

Diomaye n'hésita plus une seconde. Faisant fi de toutes les raisons qui l'avaient si longtemps tenu éloigné des tribunes, il avança d'un pas déterminé vers les premiers rangs, à la suite de son ami.

Une étrange sensation commença alors, peu à peu, à l'envahir. Il se sentit soudain pris dans les bras de la fatalité. Son destin, lui sembla-t-il, s'accélérait. Les pas qu'il esquissait à la suite de Wagane étaient comme des foulées géantes qui le rapprochaient d'un instant inéluctable. Un instant qu'il avait, consciemment ou non, attendu toute sa vie.

Une impression inédite et indescriptible d'être sur le point de valider son ultime raison de vivre l'étreignait jusqu'à l'étouffement. Il lui semblait avoir vécu et agi toute sa vie en préparation d'un tel moment, le moment où il allait faire corps avec la vérité de son être aux yeux du monde entier.

Sa nervosité était tellement apparente qu'elle suscitait l'amusement de Wagane. Ce dernier, qui se retournait de temps en temps pour s'assurer qu'il était toujours derrière lui, s'en était en effet rapidement rendu compte. Il trouvait l'émotion de son compagnon surfaite et en riait sous cape.

Après tout, le niveau de performance requis pour satisfaire la foule avait été jusque-là assez minimal. Pour l'essentiel, les intervenants, répartis entre le camp du Lamane et celui de Wagane, reprenaient les mêmes slogans, pointaient du doigt les mêmes ennemis et réitéraient les mêmes revendications. Chacun, bien sûr, y allait de son propre style, usant d'expressions plus colorées les unes que les autres. Mais aucune note discordante n'était encore venue interrompre cette chorégraphie qui, pour l'essentiel, se résumait à un face-à-face entre deux camps tellement remontés l'un contre l'autre qu'ils en oubliaient parfois Lécuyer, leur ennemi commun.

En son for intérieur, Diomaye savait cependant qu'il n'allait pas pouvoir danser avec le même abandon. Sa principale motivation était en fait de casser le rythme de la manifestation et, si possible, de lui imprimer une nouvelle direction.

Il vécut donc les derniers pas qui le séparaient de la tribune comme un véritable chemin de croix. Le moment, sentait-il, était pour lui venu d'être justifié. Le drame de son isolement allait enfin pouvoir connaître un dénouement. Il allait dans quelques instants communier avec son peuple et prouver qu'il était plus qu'un simple réservoir d'idées, sans prise réelle sur son environnement.

Jusqu'ici, il avait en effet vécu en mutant. Sa condition d'intellectuel l'avait, de fait, conduit à emprunter seul une courte, mais pénible bifurcation vers le futur. Ses pensées et ses actions s'inspiraient d'une époque virtuelle que l'avenir incertain de la communauté ne garantissait même pas d'atteindre. En même temps, son vécu et ses sentiments le maintenaient toujours fermement arrimé au cours général de l'histoire où végétait encore sa société. Il s'était donc retrouvé coincé dans son exil, incapable à la fois de faire abstraction de la nouvelle perspective acquise lors de son itinéraire intellectuel ou de sevrer ses liens avec ses origines.

Il avait cependant vécu ce dilemme non pas comme une condamnation, mais plutôt comme un défi existentiel. Ce qui lui arrivait était moins une fatalité à subir comme un fardeau qu'une opportunité à saisir pour lui et son peuple. Son seul regret était de n'avoir pas pu encore en profiter.

L'espoir qu'il nourrissait à cet égard était immense et restait encore intact. Son peuple, il en était convaincu, était, comme tout autre peuple sur terre, dans les dispositions d'atteindre un jour le grand destin qu'il lui souhaitait. Ce n'était qu'une question de temps, et surtout, pensait-il, de passion.

L'exercice auquel il acceptait aujourd'hui de se livrer était ainsi très délicat. Mais le résultat, heureusement, ne serait pas sans appel. Un échec aujourd'hui ne garantissait pas nécessairement une défaite. L'important, surtout, était que la flamme qui le consumait ne s'éteignît pas au sortir de l'épreuve.

Aux pieds de l'estrade, qu'ils atteignirent en un temps record, une ultime vision acheva de sceller dans son esprit l'importance du moment qu'il s'apprêtait à vivre. L'orateur qui le précédait et en la personne duquel il reconnut le vieux Malang Kor se trouvait en effet dans une position très délicate. La foule, qui avait longtemps supporté les invectives du vieil homme, commençait à perdre patience. Elle n'était plus amusée par les accusations et les mises en garde du vieux grincheux. Elle huait maintenant et demandait qu'on la débarrassât de cet enquiquineur que personne ne prenait au sérieux.

Mais le vieil homme, habitué à être la risée des siens, ne se laissait pas impressionner. La veille, il avait passé une nuit blanche à écrire un réquisitoire, long de plusieurs dizaines de pages, contre sa société. Les organisateurs, craignant ses excentricités, avaient tout fait aujourd'hui pour le tenir éloigné de la tribune. Mais il avait fini par tromper leur vigilance et, maintenant qu'il tenait le haut du pavé, rien ne semblait pouvoir l'empêcher de délivrer l'intégralité de son discours.

La scène, en apparence chaotique, était somme toute bénigne. Mais elle laissa Diomaye interdit. Il la perçut comme une sorte de prémonition, un condensé troublant du sort qui l'attendait au sortir de la jonction dans laquelle il venait de s'engager.

Le vieux professeur était, à bien des égards, l'incarnation vivante de la mésaventure qu'il voulait éviter. Jadis, comme lui, il avait nourri les mêmes rêves de grandeur pour sa société. Avec l'ardeur et l'entrain qui le caractérisaient, il les avait même portés encore plus haut que Diomaye. Mais c'était seulement pour les voir choir et s'écraser contre la dure réalité de son isolement.

De ces rêves, il ne restait plus que des débris qu'il avait passé le restant de sa vie à colmater. Mais, à mesure qu'il vieillissait, le puzzle qu'ils formaient devenait de plus en plus difficile à résoudre. Les nouveaux schémas qu'il proposait aux siens étaient de plus en plus incohérents. Tous, y compris les esprits les mieux intentionnés, avaient fini, au bout d'un certain temps, par ne plus prêter attention à ses propos.

Mais le vieux Malang n'en démordait pas. Sa passion pour son peuple était telle que, malgré le rejet abusif dont il était l'objet, il revenait sans cesse à la charge et proposait ses vues sur toutes les questions majeures qui interpellaient la communauté. Cet effort frustrant de toute une vie culminait en ce moment dans un débit ininterrompu de plaintes et de récriminations que les huées de foule n'arrivaient pas à taire.

Finalement, ce fut le vieil homme lui-même qui, exténué par l'épreuve nerveuse qu'il s'imposait, s'effondra soudain sur le pupitre et éclata en sanglots. Promptement, Diomaye et Wagane montèrent sur l'estrade pour le soutenir. Et tandis que la foule émue retenait son souffle, ils l'aidèrent avec soin à descendre de la tribune. Une énorme boule obstruait la gorge de Diomaye et l'empêchait de répondre aux murmures hachés du vieux professeur qui, tout en s'agrippant à lui de toutes ses forces, ne cessait de lui répéter : « Ne me laisse pas tomber ; ne me laisse pas tomber ! »

Ils remirent le vieil homme à des militantes en larmes qui attendaient au pied de l'estrade et Diomaye remonta sur la tribune, cette fois seul, pour faire face à la foule.

CHAPITRE 15

Le rêve d'un titan

— Mes frères, commença-t-il d'un air hésitant, permettez-moi de m'adresser à vous avec une familiarité qui ne sied pas souvent aux manières distantes et recherchées de notre temps. Plus que des idéologies vernies, ce sont des sentiments bruts que je voudrais aujourd'hui partager avec vous.

« Les sentiments, vous le savez, sont une sorte de licence pour l'action. Le premier d'entre eux me donne le droit de vous appeler frères et de vous parler comme on parle à une famille.

« Ce qui, consciemment ou pas, inspire notre mouvement aujourd'hui n'a de sens que dans un cadre uni. Nous ne sommes pas ici à la poursuite de destinées solitaires. Nous sommes ici pour réaliser un rêve de vie commune. Et nous sommes ici parce que, que nous le voulions ou non, le destin nous impose de vivre ensemble.

« Nous sommes donc frères. Non pas du fait d'un passé commun, mais grâce à la solidarité que nous impose notre présent et au choix que nous avons fait de partager le même futur.

« Nous sommes frères, non pas parce que nos sangs ont été mêlés à la naissance, mais plutôt parce qu'ils se mélangent souvent au sol, répandus par les coups implacables de nos ennemis communs.

« Nous sommes frères, non pas parce que nous avons la même essence, mais parce que nos sueurs, ces larmes fertiles que pleurent nos corps, coulent des mêmes souffrances.

« Nous sommes frères, non pas parce que nous parlons la même langue, mais plutôt parce que nous avons la même idée du bonheur et parce qu'un code commun de valeurs nous contraint à avoir la même interprétation du monde.

« Nous sommes frères. C'est une réalité et c'est une réalité heureuse. Il faut non pas la nier, mais plutôt l'exalter.

« Dans l'effort qui nous unit aujourd'hui, les sentiments éphémères qu'inspirent les alliances de circonstance ne sauraient suffire. Pour mieux servir nos ambitions individuelles, il faut, de façon consciente, mettre notre énergie au service d'une destinée commune. Car le frein majeur à notre réussite personnelle, c'est non pas nos limites individuelles, mais bien la faiblesse du groupe que nous formons ensemble. Et notre faiblesse en tant que groupe découle de notre manque d'unité.

« L'unité, mes frères ! L'unité par la fraternité, voilà ce qui nous manque le plus. »

Une salve d'applaudissements ponctuée de cris d'encouragement l'interrompit momentanément. La foule, surprise au début par l'apparition de cet orateur inhabituel, était restée un moment incrédule. Mais, passé le choc initial, elle s'était peu à peu laissée subjuguer par la passion du jeune homme.

– Regardez donc cette foule, reprit ce dernier après avoir patiemment attendu la fin des applaudissements. Nous voilà tels que nos ennemis désirent nous voir. Divisés les uns contre les autres et tout occupés à exalter nos différences. Nous ignorons ce qui nous unit. Nous oublions que nous avons les mêmes problèmes et partageons la même situation. Nous oublions nos similitudes qui, pourtant, nous définissent aux yeux de l'étranger.

« L'exhibition de nos différences ne fait que rassurer ceux qui aujourd'hui veulent, une fois de plus, nous imposer leur volonté. Cela illustre notre faiblesse et expose notre vulnérabilité.

« Pourtant, le problème qui se pose à nous est bien simple. La terre dont on veut aujourd'hui nous arracher la propriété est la nôtre. Mieux, c'est notre lieu de culte. Détruire ce lieu serait un vrai sacrilège qu'il n'est pas besoin d'appeler par mille noms.

« Si nous ne protestons pas d'une même voix, c'est parce que nous nourrissons encore l'illusion que ce danger commun nous atteindra chacun de façon personnelle et différente. Une telle illusion, mes frères, pourrait, si l'on n'y prend garde, nous être fatale.

« Le fait d'être ensemble mais de ne penser qu'à nos intérêts personnels est un acte suicidaire. C'est une démarche encore pire que l'effort solitaire.

« Si, par malheur, les autorités concrétisent leur menace et donnent l'ordre de disperser cette foule, je suis d'avance convaincu qu'ils trouveront très peu de résistance. La raison en est que nous ne sommes pas en ce moment dans les dispositions d'accepter le sacrifice ultime. Chacun d'entre nous sait que s'il meurt aujourd'hui, il n'y aura personne d'autre pour poursuivre les objectifs personnels qui, pour l'essentiel, motivent sa présence. Nous savons donc que notre propre mort ne contribuera pas à nous garantir un succès posthume.

« C'est pour cela que, malgré notre nombre impressionnant, l'ensemble que nous formons en ce moment est encore bien faible. Il est faible parce que quelque chose de plus grand ne nous soude pas les uns aux autres. Il est faible parce que, dedans, nous ne nous sentons pas encore frères. Qui en effet, parmi vous, hésiterait à donner sa propre vie pour sauver son frère ? »

Diomaye marqua une pause pour donner libre cours aux diverses humeurs que manifestait de plus en plus bruyamment la foule. A mesure que ses critiques se faisaient plus précises, l'unanimité acquise tantôt se dissipait. Les organisateurs de la manifestation, en particulier, semblaient mal apprécier qu'on assimilât leur démonstration de force à un pétard mouillé.

Dès qu'il le put, Diomaye continua, imperturbable :

– Certains, j'en suis sûr, vont penser que j'exagère. C'est trop demander que d'exiger que nos rapports soient régis par des sentiments fraternels. C'est même naïf, à la limite, doivent-ils penser.

« Mais j'ai choisi l'image de la famille pour sa simplicité. Je ne veux pas, par un usage abusif de concepts abstraits, vous perdre en vous montrant le chemin. Je veux, surtout et avant tout, être compris.

« Si donc le pacte fraternel que je vous propose d'embrasser est trop abstrait ou trop primaire, pensez un instant à vous-même et à votre propre famille, et vous me comprendrez mieux.

« Pensez aux liens forts et naturels qui lient vos destins à ceux de vos conjoints et de vos enfants. Rappelez-vous comment vous acceptez, sans arrière-pensées, de partager les mêmes moyens et de poursuivre les mêmes objectifs.

« Cette unité, toute naturelle qu'elle soit, est un véritable miracle. Nous ne la célébrons pas souvent à cause de sa spontanéité, mais il est remarquable de constater comment, dans des groupes sociaux plus élargis et moins naturels que la famille, un tel niveau de collaboration et de solidarité peut presque être considéré comme une utopie.

« Penser ensemble est difficile. Eprouver les mêmes sentiments l'est encore plus. Et souvent, les objectifs les plus simples deviennent irréalisables dès l'instant que l'on envisage de les atteindre en groupe.

« C'est pour cela que, malgré le fait que notre nature et notre environnement nous condamnent à vivre en communauté, nous retombons toujours dans les pièges de l'individualisme et de la séparation. Nous pensons faciliter les choses en nous isolant et en repoussant les autres, mais, en réalité, nous ne faisons que réduire nos potentialités et celles du groupe en agissant de la sorte. Car il ne s'agit pas d'opposer l'individu au groupe, mais plutôt de prendre conscience du fait que toute vie individuelle, si solitaire qu'elle soit, se passe en fait au sein d'un groupe et qu'elle ne peut faire abstraction des carences de cette entité à laquelle elle appartient de fait.

« Ce qu'il nous faut donc, c'est une conscience aiguë de l'appartenance à une communauté ; une adhésion sincère et totale à des causes communes qui permette de surmonter les difficultés qu'engendre l'action collective.

« Un peu comme on dit "on est une famille", que nous puissions aussi dire consciencieusement "on est une société", "on est une nation", et que nous agissions en conséquence.

« Car, aujourd'hui, ce qui nous retient le plus sur la route du progrès, c'est que, de manière générale, nous nous accommodons trop facilement des échecs des autres. Nous nous contentons de quelques succès illusoires qui se bâtissent sur la misère des autres. Nous sommes obnubilés par la recherche exclusive d'une prospérité toute relative, qui ne prend du relief que lorsqu'on la compare à l'extrême dénuement dans lequel est plongée la majorité de la population. C'est là une erreur extrêmement grave qu'il nous faut rectifier sans plus tarder. »

Le discours prenait maintenant clairement des allures de sermon. Dans les premiers rangs, où se trouvaient les dignitaires et les dirigeants politiques, les sourcils se fronçaient. On sentait que ces gens, qui toute la matinée avaient paradé à tour de rôle sur la tribune, étaient maintenant très mal à l'aise.

La foule cependant, dans sa majorité, se montrait de plus en plus attentive et acquise à la cause de l'orateur.

— Mes chers frères, reprit ce dernier après une brève pause, si j'ai choisi de commencer mon discours par ces remarques sur la forme que doit revêtir notre présence en ce moment, c'est parce que c'est elle qui s'offre le plus spontanément aux yeux de l'observateur. Mais, vous vous en doutez, la tenue extérieure que je recommande est le produit d'un sentiment plus profond. La vraie fraternité ne s'invente pas. Elle provient essentiellement du partage ou de l'aspiration à une identité commune.

« J'entends par identité ce qui nous définit aux yeux du monde. Ce qui nous est commun et nous rend identiques. Ce qui nous rapproche les uns et les autres et nous rend aptes à vivre ensemble.

« Mais j'entends aussi par identité ce que nous avons choisi d'être, plutôt que ce que nous sommes par accident ou par obligation. Qui sommes-nous ou qui voulons-nous être ? "Nous sommes une famille", certes, mais quelle famille ? A quel type de nation devra-t-on penser lorsqu'un jour on s'écriera tous d'une seule voix : "Nous sommes une nation" ?

« Former une nation moderne n'est pas chose aisée. Il faut que chacun de nous le comprenne et en accepte l'enjeu. Il faut surtout que nous nous mettions d'accord sur les fondements de cette nation. Sans adhésion commune à des principes de fonctionnement explicites et compris de tous, la réussite sera très difficile.

« Ne nous limitons pas, comme c'est souvent le cas, à copier les autres. Nous commettrions les mêmes erreurs et n'apprendrions pas grand-chose au passage.

« Ayons conscience de notre situation présente. Tâchons de comprendre qui nous sommes, d'où nous venons et pourquoi nous nous trouvons dans la situation qui est la nôtre aujourd'hui.

« Sachons en même temps jeter un regard critique sur le monde qui nous entoure. Ne fermons pas nos yeux, car cela ne ferait que nous désavantager, comme par le passé. Nous nous devons de connaître ce monde pour l'apprivoiser et y vivre en pleine sérénité. Et cela n'est pas facile, car il devient plus complexe de jour en jour.

« Parlons-nous pour mieux nous comprendre, pas pour nous combattre. Racontons-nous nos rêves et nos pensées ; apprenons aux autres nos mœurs et nos cultures et soyons attentifs et réceptifs aux leurs. Acceptons de bon gré de renoncer à certains de nos traits pour renaître dans une structure plus forte et plus respectée, où il fera bon vivre pour le plus grand nombre d'entre nous.

« Ce qui nous réunit aujourd'hui, c'est, par-dessus tout, la nécessité de nous créer une supra-identité. Celle qui nous définira aux yeux de l'étranger et inculquera à nos enfants une fierté innée. Celle pour laquelle on nous respectera et on voudra nous ressembler.

« L'heure est à l'écoute et à la discussion, pas aux querelles. Nous devons rejeter ce qui nous sépare, car trop de choses nous unissent. Notre destin est commun. C'est le destin de l'Afrique tout entière. Notre image est commune. C'est l'image de l'Afrique tout entière. »

A nouveau, un tonnerre d'applaudissements couvrit sa voix et l'empêcha pendant un moment de continuer sur sa lancée.

Au pied de l'estrade, Wagane sentait peu à peu le contrôle de la manifestation lui échapper. Il était maintenant déchiré entre la jalousie et les regrets, et ne savait plus à quel saint se vouer. A ses côtés, le vieux Malang, complètement remis de sa crise de nerfs, triomphait.

Chose notable, c'est au cours de cet intermède que Serlet, qui, jusqu'ici, était resté cloîtré à l'intérieur de son bureau, apparut entouré de sa garde rapprochée, sur le perron de sa résidence. Le Gouverneur, en fin observateur, avait-il aussi senti le vent tourner ?

Du haut de l'estrade qui faisait face à la résidence, Diomaye fut l'un des premiers à noter la présence peu rassurante du représentant de l'autorité coloniale. L'apparition mit immédiatement toute la foule en alerte. L'espace d'un instant, elle suspendit son souffle et guetta anxieusement le premier geste hostile de l'administrateur. Mais, mis à part les baïonnettes tranchantes qui scintillaient, menaçantes, sous les rayons du soleil, aucun geste d'animosité ne fut esquissé par le Gouverneur et son entourage. Diomaye, défiant, mais perplexe, s'adressa alors de nouveau à la foule à demi rassurée.

– Nous ne devons désormais plus laisser personne nous définir, continua-t-il avec davantage de hargne dans la voix. Nous ne devons plus laisser personne nous obliger à faire ce que nous n'avons pas choisi.

« Aujourd'hui, certains s'amusent à attiser dans vos cœurs des ressentiments et des envies. Ils veulent corrompre votre vraie nature et vous pousser à adopter des attitudes indignes d'un grand peuple. Ils veulent vous détourner des vrais enjeux. Ils veulent vous enfermer dans leur dynamique d'intrigues et de calculs intéressés. Ils veulent tuer en vous l'espoir.

« Mes chers frères, ne nous laissons pas faire. Soyons fiers et fermes, mais sachons aussi rester dignes.

« Pour les raisons que je viens d'évoquer, la terre de Pékhé n'a pas de prix. Elle symbolise le peu d'identité qui nous reste encore. Elle nous permet de commémorer l'homme qui a inspiré l'idéal de vie de nos ancêtres. Un idéal cohérent et authentique, dont certains doutent peut-être de la pertinence aujourd'hui, mais qui a, au moins, valeur d'exemple et de mémoire. C'est, en effet, la seule preuve qui nous reste de cette capacité que nous avons, comme toute autre communauté humaine, de choisir notre propre philosophie de vie.

« L'argent que certains vous conseillent d'exiger comme dédommagement n'égalera jamais en valeur le symbole qu'incarne ce lieu. N'acceptez pas ce marché. Il consacrerait la victoire de M. Lécuyer qui, lui, n'a que l'argent, mais beaucoup d'argent. Si vous adhérez à sa logique mercantile, vous consacrerez du même coup sa victoire. Car, dans ce domaine précis, il n'a pas d'égal.

« Le projet de devenir riche est certes légitime. Mais il ne peut, à lui seul, inspirer l'effort de construction d'une nation auquel je vous convie. La richesse, même providentielle, est difficile à justifier dans un cadre aussi démuni que le nôtre. C'est aussi et surtout lorsqu'elle est gratuite et injustifiable qu'elle corrompt le plus nos mœurs et déstabilise nos sociétés.

« A long terme, ce que nous devons souhaiter, c'est d'être heureux ensemble et d'être assez puissants pour défendre notre bonheur. Le bonheur de notre nation dépendra de notre savoir-vivre ; pas de notre richesse. La puissance de notre nation dépendra de notre savoir-faire ; pas de notre aptitude à gagner de l'argent.

« Prenons donc garde de nous égarer. Nous ne sommes pas ici pour défendre une propriété matérielle et faire monter les enchères. Nous sommes ici pour défendre l'esprit de Pékhé. Nous sommes ici pour défendre la foi en soi et le dépassement, tels que symbolisés par l'épopée de notre ancêtre fondateur.

« Compte tenu de nos errements actuels, la manifestation d'aujourd'hui doit donc être perçue comme un acte de rédemption. Nous devons à nouveau recommencer à croire en nous-mêmes. Nous devons descendre ensemble dans l'arène du futur et y arracher résolument notre place. »

– Assez ! Assez ! glapit aux pieds de l'estrade une voix qui vibrait de colère. Assez de philosophie et de morale ! Nous sommes ici pour résoudre un problème concret. Dis-nous quelle est ta solution au lieu de nous noyer dans des généralités.

– C'est l'ami du Gouverneur ! C'est l'ami du Gouverneur ! cria quelqu'un d'autre dans la foule. Je l'ai vu sortir de son bureau ce matin. Il est ici pour nous endormir et nous faire endosser la responsabilité de nos problèmes.

Une immense clameur accueillit l'intervention des deux trouble-fêtes et coupa tout net la réponse que tentait d'articuler Diomaye. Ce dernier, cependant, ne manifesta aucune surprise. L'incident marquait la fin d'un état de grâce dont il avait jusqu'ici profité sans trop y croire. Les hostilités qui commençaient à présent correspondaient mieux à ses attentes.

En s'attaquant ouvertement au système qui, dans une large mesure, avait parrainé la manifestation, il s'était littéralement jeté dans la gueule du loup. Cela, il en était conscient, et il s'était dès le début préparé à en subir les conséquences.

La grossière interruption dont il venait d'être victime était tout à fait prévisible. Elle ne lui causait par conséquent aucune frustration. Il pensait, de façon très réaliste, avoir profité au maximum de la chance qui lui avait été offerte de s'exprimer.

Son allocution, si brève fût-elle, lui avait permis d'élargir la perspective de l'assemblée. Il n'était maintenant plus question de l'alternative stérile qu'offraient jusqu'ici le camp de Wagane et celui du Lamane. Lui, Diomaye, venait de jeter les fondements d'un autre camp : celui d'un futur assumé, volontaire et optimiste.

Dans l'immédiat cependant, il était dans l'impossibilité de poursuivre son effort. Les deux intrus qui venaient de l'interrompre étaient, comme on pouvait s'en douter, des membres du Club des Premiers. En écho à leur chahut, leurs camarades, qui s'étaient tous regroupés à l'avant de la manifestation, se mirent à huer l'orateur de façon bruyante et soutenue. Leur détermination à empêcher à tout prix Diomaye de continuer son discours était évidente. Mais, comme ils ne faisaient désormais plus l'unanimité, des protestations fusèrent de toutes parts, leur intimant l'ordre de rétablir le calme. Il s'en suivit une bousculade monstre qui, telle une vague sismique, se répandit rapidement de l'avant vers l'arrière de la foule.

Du haut de son balcon, Serlet, qui ne perdait rien de la scène, sut que ses pires craintes étaient sur le point de se matérialiser. Sans hésiter, il ordonna à ses troupes de se déployer et, en un clin d'œil, l'étau qu'il avait minutieusement préparé la veille se referma sur la foule médusée. Il descendit alors lentement de son perchoir et, d'un air martial, se dirigea vers l'estrade où était resté figé Diomaye.

CHAPITRE 16

Les bords de l'abîme

L'enchevêtrement d'événements qui survint par la suite relève d'une logique qu'il est difficile d'expliquer. Nous nous contenterons donc d'en décrire les faits, sans trop nous soucier de leur apporter des justifications.

On se rappelle que la veille, Serlet avait pris la décision d'interdire la manifestation. Son décret lapidaire, publié sans explications, avait contribué à augmenter la confusion dans les esprits. De part et d'autre, on en avait très vite conclu qu'il était de mèche avec Lécuyer.

L'amalgame qui résultait de cette perception était plein de dangers. Mais l'intransigeant Gouverneur ne fit rien pour les conjurer. La pureté de ses intentions semblait, comme d'habitude, l'exonérer d'explications.

Du coup cependant, il perdit sa neutralité et devint lui-même un facteur déterminant du désordre. Au lieu de l'autorité qu'il devait incarner, il n'inspirait plus que de l'animosité et de la suspicion. Cette perte de crédibilité l'avait bien entendu troublé et rendu moins serein. Visiblement peu alerte le matin de la manifestation, il avait fait montre d'une fébrilité inhabituelle. La lenteur et l'incohérence de ses décisions lui avaient progressivement fait perdre le contrôle de la situation.

Les premiers à noter ses hésitations furent les manifestants eux-mêmes. Arrivés très tôt sur les lieux, ils eurent l'agréable surprise de n'y trouver aucune présence policière. Serlet, qui, la veille, avait participé à l'élaboration du dispositif de sécurité, tardait encore à en donner l'ordre de déploiement.

Tandis que la place se remplissait dangereusement de militants déterminés et surexcités, il avait en effet curieusement décidé de se tourner vers d'autres fronts. Les audiences accordées aux différentes personnalités qui s'étaient présentées à son bureau l'avaient occupé toute la matinée. En plus de Diomaye, il avait, entre autres, passé beaucoup de temps à discuter avec des envoyés du Lamane.

Plus tard, il reconnut avoir surestimé la pertinence de ces réunions. A l'instar de leur illustre mandant, les délégués du Lamane étaient en effet exclusivement préoccupés par la préservation de leurs acquis. Munis d'arguments fortement émoussés, ils s'étaient limités à le supplier d'intervenir en leur faveur pour faire reculer Lécuyer. En les écoutant, le Gouverneur ne perçut rien de l'indignation et de la colère qui, lui avait-on rapporté la veille, enflammait les rues de la ville. Trop soucieux de préserver leur relation de dépendance avec Lécuyer, ils semblaient très peu disposés à la confrontation.

Leurs propos le déçurent en même temps qu'ils le rassurèrent. A en juger en effet par le manque de détermination de ses représentants, il y avait, en apparence, fort à parier que la foule elle-même se garderait d'adopter les attitudes extrémistes qu'il redoutait.

Mais c'était hélas là une grossière erreur d'appréciation. La foule, au contraire, était dans des dispositions beaucoup moins conciliantes que ses délégués. La suite des événements allait le prouver de façon brutale et cruelle.

La première surprise de cette folle journée commença avec l'intervention totalement imprévue de Diomaye. Ce dernier, par son audace et sa passion, avait réussi à réveiller une assemblée à demi abrutie par les refrains réactionnaires qu'on lui servait depuis le début de l'événement.

Serlet, qui, pour l'avoir reçu quelques heures plus tôt, connaissait bien l'état d'esprit de Diomaye, comprit, dès qu'il le vit à la tribune, que quelque chose allait se passer. A mesure que le discours de l'invité-surprise se radicalisait et que la situation se détériorait, il avait progressivement déployé son dispositif de sécurité.

A la fin de l'allocution de Diomaye, la tension était à son comble. Son devoir en tant que garant de l'ordre public devint alors très clair : il fallait intervenir pour faire cesser la manifestation dans les plus brefs délais. Mais disperser une foule est un exercice bien délicat. Son chef de police, qui fulminait d'avoir été mis dans une situation aussi inconfortable, le lui fit comprendre de manière peu voilée. « On n'aurait jamais dû en arriver là, avait-il grommelé, défiant, en réponse à l'ordre de déploiement que venait de lui donner Serlet. Il faut maintenant vous attendre au pire, car mes hommes ne vont pas se laisser marcher dessus. »

Ce cruel avertissement résume parfaitement la dynamique absurde qui était sur le point de se déclencher. Mais, avant d'en arriver à cette confrontation prévisible entre la foule et les agents de la sécurité, attardons-nous un instant sur un autre incident majeur de cette journée, qui allait considérablement peser sur le jugement de Serlet.

Cela s'était passé un peu avant la fin du discours de Diomaye. Un aide était subitement accouru au balcon de la résidence et avait tendu, tout tremblant, une note au Gouverneur. Ce dernier, qui, depuis quelque temps, s'attendait au pire, lut nerveusement la note et se retourna tout pâle vers son chef de police : « C'est la chienlit dans la ferme des Marais, dit-il d'un air abattu. Ils ont brûlé la maison de l'intendant et sont en train de tout piller alentour. Il faut aller protéger les colons qui vivent dans les parages. J'ai peur qu'ils ne s'en prennent à eux. »

Aussitôt dit, aussitôt fait. Une escouade fut envoyée en toute hâte sur les lieux de l'incident. Là, elle constata avec effroi l'ampleur des dégâts, que la note hâtive de l'aide avait omis de décrire.

Des hordes d'ouvriers munis d'armes blanches étaient en train de mettre à sac une bonne partie de la ferme. La furie peignait sur leurs visages des airs déments qui les rendaient extrêmement menaçants. Ils étaient littéralement déchaînés.

Leur ire, cependant, semblait pour le moment être exclusivement dirigée contre les locaux de l'intendance et les champs du domaine. Les résidences adjacentes, bien qu'étant des cibles potentielles, n'avaient pas été touchées. Les seules personnes en danger étaient Modou Caporal et sa large famille, qui eux, vivaient dans les locaux de la ferme.

La petite escouade fut soulagée de trouver, dans cet acharnement exclusif sur le bras droit de Lécuyer, un bon prétexte pour éviter une confrontation directe avec les pillards. Sa mission était en effet de secourir les colons installés dans les environs. Les indigènes, dont Serlet n'avait pas fait mention en donnant son ordre, étaient par défaut exclus de l'opération de sauvetage.

Avec une rigueur toute militaire, ils s'assurèrent de l'absence de leurs compatriotes parmi les suppliciés et tournèrent promptement la bride, laissant Modou Caporal seul face à son destin. Ce dernier, qui ne devait son pouvoir qu'au soutien de Lécuyer et à la complaisance de l'autorité coloniale, sut alors que son heure avait sonné. Sa misérable existence de potentat local, sévissant sans états d'âme sur une masse d'ouvriers résignés, connut une fin horrible dont nous ne nous attarderons pas à donner les détails. Les souffrances qui marquèrent ses derniers moments, si douces fussent-elles à l'esprit de ses victimes assoiffées de vengeance, ne pourront jamais compenser les pertes irréversibles que ses agissements ont causées. Il serait donc coupable de suggérer le contraire en décrivant la cruauté de la punition que les pauvres ouvriers lui réservèrent.

Un peu comme une maladie, on ne peut jamais en fait se venger d'une tyrannie. Un peuple qui vit sous la domination d'un tyran est un peuple malade. Il vit une nuisance majeure qui, dans certains cas, peut lui être fatale. Mais son destin, en tant que collectivité humaine, se définit dans un cadre beaucoup plus large que celui du combat à huis clos qu'il mène contre la maladie. S'il rejette le fatalisme et assume pleinement sa dimension humaine, il ne peut se contenter d'écraser le microbe qui l'a infecté et de s'en réjouir. La conquête de son immunité est la seule victoire qui soit vraiment à sa mesure.

Quant au tyran, il serait aussi inutile de se demander si, oui ou non, il a eu la fin qu'il méritait. Ce qu'on peut cependant constater, c'est que c'est une fin qu'il s'est lui-même garantie.

L'autorité qu'il s'était adjugée et dont il abusait sans honte était complètement illégitime. Elle ne s'appuyait sur aucune loi, ni aucune tradition. Elle était par conséquent extrêmement fragile. Sa décision d'exercer cette autorité de manière oppressive et injuste était aussi malencontreuse. Elle avait peu de chance d'aboutir dans un monde de plus en plus égalitaire où la puissance n'était plus innée, mais s'acquérait de manière souvent incontrôlable. Le pouvoir permanent ou la soumission totale étaient désormais difficilement envisageables.

Au-delà de toute morale, cette instabilité relative des rapports de forces doit inciter à la responsabilité. Et agir en responsable, c'est non seulement assumer ses actes, mais aussi les choisir avec discernement. C'est, entre autres, essayer autant que possible d'avoir une parfaite connaissance des conséquences de nos actions pour nous-mêmes et pour les autres, et d'agir en accord avec la conscience que procure cette réflexion.

Suis-je en train d'entreprendre des actes qui vont me mener à une impasse ? La réponse à cette question est souvent difficile, mais elle peut aussi être très évidente dans certains cas. Lorsque, par exemple, on saute du deuxième étage d'un immeuble, il faut s'attendre à se faire mal. Cela, tout le monde le sait, sauf peut-être les enfants. Or, Modou Caporal, à bien des égards, était comme un enfant qui saute inconsciemment du deuxième étage. Il est impossible de dire si oui ou non il avait une conscience parfaite des dangers qu'il courait. Mais on ne peut que s'étonner du fait qu'il ait pu les ignorer. Une chute d'aussi haut ne peut en effet que faire mal.

De la même façon, un régime tyrannique est aussi pour le peuple qui le subit une descente aux abysses. C'est une chute certaine dans laquelle le tyran l'entraîne malgré lui. Personne n'y gagne et il n'y a que des dommages de part et d'autre à la fin de l'aventure.

Le caractère collectif de cette chute est en fait le vrai drame. Et on ne peut l'éviter qu'en construisant des garde-fous pour empêcher que des brutes comme Modou Caporal, dotées de cervelles d'enfants, ne sautent du deuxième étage en entraînant avec eux toute une collectivité.

Pour le moment cependant, il fallait compter avec les comportements irrationnels suscités par le souvenir des méfaits de Modou Caporal. Serlet, qui était conscient de l'énorme frustration causée par les méthodes en vogue dans la ferme de Lécuyer, ne voulait prendre aucun risque. La nouvelle de la vendetta qui se répandait dans la campagne l'avait davantage convaincu de reprendre fermement le contrôle de la situation.

Pour atteindre l'estrade d'où il voulait s'adresser à la foule, il lui fallut traverser une bonne partie de l'assemblée. Ce qu'il fit avec courage, sous les huées d'une foule tellement hostile qu'on se demande avec effroi ce qui lui serait arrivé s'il n'avait pas eu un cordon de sécurité autour de lui.

Au bout de quelques minutes, qui lui parurent interminables, il atteignit l'estrade, où Diomaye, défiant, était resté debout. Sans même jeter le moindre regard à son ami, il monta à son tour sur la tribune et, d'un geste poli, mais ferme, fit signe qu'il lui remît le micro. Un peu débordé et incapable de réagir autrement, Diomaye s'exécuta et attendit anxieusement la suite des événements.

– Mes amis, commença Serlet, soucieux de faire baisser l'extrême tension qui régnait sur la place, je vous ai entendu. Je vous ai bien écouté et bien compris. Le monde entier vous entend et vous comprend. Il est temps maintenant de vous arrêter et de rentrer calmement chez vous. Vous avez déjà violé la loi en tenant ce rassemblement que mon décret a pourtant formellement interdit. Vous avez de ce fait commis un acte de désobéissance civile. C'est un acte grave, très grave. La plus légitime des colères ne peut justifier une telle atteinte à l'ordre public. Le délit que vous êtes en train de commettre m'autorise à sévir avec toute la rigueur que m'autorise la loi. Mais je vous donne cependant une dernière chance d'éviter d'en arriver à cette extrémité en suivant mon conseil qui est aussi, je ne vous le cache pas, une semonce. Rentrez chez vous ! Dispersez-vous et rentrez chez vous ! C'est en même temps un conseil d'ami et un ordre. Je vous donne dix minutes pour vous exécuter. Passé ce délai, je me verrai dans l'obligation de recourir à la manière forte pour faire respecter la loi.

Bien que surprise et choquée par les propos menaçants de l'administrateur, la foule médusée ne broncha pas. On la devinait prise de court et incapable de réagir de façon spontanée à l'ultimatum qu'elle venait de recevoir.

Serlet, cependant, avait parlé avec retenue, sans élever la voix, mais sur un ton qui ne permettait plus le moindre doute sur la fermeté de sa résolution. Il devenait clair aux yeux de tous qu'il était désormais prêt au combat. Buté jusqu'à l'inconscience, son visage de marbre ne laissait filtrer aucune émotion.

Restait-il d'ailleurs une seule émotion dans l'être de cet homme, dont l'épreuve semblait avoir annihilé toutes les croyances ? se demandait Diomaye en l'observant. Debout aux côtés de l'administrateur, il n'avait jusqu'ici esquissé aucun geste. L'instant, qu'il devinait fatidique, semblait exercer sur lui une fascination morbide. Il comprenait que, pour Serlet comme pour la foule, l'heure de vérité avait sonné. Seul le reniement par une des parties des convictions qui l'avaient poussée à adopter sa position pouvait empêcher la confrontation.

Bien entendu, l'affrontement n'était en aucune façon une garantie de solution. Mais la violence, si regrettable soit-elle, aurait peut-être le mérite considérable d'aboutir à une calibration honnête des convictions. A défaut du forum responsable que Diomaye avait depuis longtemps souhaité, il s'agissait peut-être là de l'unique chance d'enclencher la recherche d'une solution de fond à la fracture qui séparait actuellement les deux protagonistes. Lui, entre-temps, risquait hélas de redevenir un observateur passif des événements. Il ne savait de nouveau plus quelle attitude adopter. Autant il était clair que sa place se trouvait actuellement auprès des siens, autant il avait des doutes quant à son adhésion aux motifs proclamés par les organisateurs de la manifestation.

Allait-il simplement se joindre à la mêlée parce que, au-delà de toutes ces notes discordantes, l'enjeu principal restait la place de Pékhé ? Ou mieux encore, son discours avait-il déjà eu assez d'effet pour former un autre courant, dont on pouvait légitimement penser que son combat était aussi le sien ?

Diomaye n'eut hélas pas le temps de trouver une réponse à ces questions. Comme tous ceux qui se trouvaient ce jour-là sur la place, il fut happé par la furie des événements avant même d'avoir le temps d'opposer la moindre résistance. La surprise fit en effet rapidement place à l'indécision au sein de la foule. Prise au dépourvu par l'agressivité du Gouverneur, elle hésita un bon moment sur l'attitude à adopter en réponse à l'ordre de dispersion qu'elle venait de recevoir. De longues minutes s'écoulèrent ainsi dans l'incertitude et l'anarchie la plus totale puis, soudain, ce fut le drame.

Des soldats escortant un groupe de colons terrifiés débouchèrent soudain en trombe sur la place. Désireux de rejoindre la Résidence pour mettre leurs protégés à l'abri, ils commencèrent à tirer en l'air pour essayer de se forger un passage à travers la foule qui leur barrait le route. Provocation inutilement belliqueuse, pensera-t-on, mais compréhensible de la part de ces gens d'armes bouleversés par le spectacle horrible du pillage de la ferme de Lécuyer.

De l'arrière de la foule s'élevèrent alors des cris de terreur qui provoquèrent immédiatement une panique générale. Une mêlée extraordinaire qui allait bientôt se muer en un spectacle de violence inouïe s'ensuivit presque aussitôt.

Du haut de l'estrade, Serlet et Diomaye eurent le temps d'apercevoir Yandé parmi les colons rescapés que les soldats tentaient si maladroitement de protéger. Elle était en compagnie du père Monchallon dont elle était, rappelons-le, l'infirmière.

Sa présence parmi les colons était, pour diverses raisons, fort insolite. Elle était après tout une indigène et, malgré ses fonctions, il semblait d'avance exclu qu'elle fasse l'objet d'une quelconque attention de la part des soldats. En même temps, elle était presque intouchable du point de vue des émeutiers, dont elle était une des bienfaitrices les plus dévouées. Mais, peut-être traumatisé par le spectacle du lynchage de Modou Caporal, le père Monchallon n'avait pas accepté de se laisser évacuer sans elle.

Yandé, qui, jusqu'à la fin, avait refusé de croire à l'imminence du danger, s'était ainsi retrouvée embarquée malgré elle dans la rocambolesque opération de sauvetage. Leur équipée, menée tambour battant par des soldats visiblement dépassés par la situation, avait été à la fois contraignante et empreinte de décisions peu clairvoyantes.

Avant même qu'ils eussent le temps de s'en rendre compte, les rescapés s'étaient ainsi retrouvés tout hébétés, au milieu de la foule en colère qui leur barrait l'accès à la résidence du Gouverneur.

A la vue de Yandé, Diomaye, comme propulsé par un piston, s'était jeté à son secours. Un puissant sentiment, qui semblait avoir annihilé toute sa raison et pris le contrôle de tout son être, l'avait précipité de façon presque inconsciente vers son épouse. Et il n'eut plus dès lors qu'une seule problématique et une seule vision : la protection de l'être aimé.

Les sentiments sont vraiment une licence pour l'action, pensa Serlet en regardant, impuissant, son ami se fondre dans la mêlée. Il venait lui-même de ressentir, pour la première fois, dans sa propre chair, l'ampleur de la tragédie dans laquelle il s'était embarqué. Cette colonie n'était plus simplement sa chose ou son chantier et il n'avait pas que des administrés en face de lui. Parmi cette foule se trouvaient aussi ses propres amis. Peut-être les meilleurs qu'il ait jamais eus. Des gens qu'il respectait et admirait par-dessus tout et à qui il aurait voulu donner le meilleur de lui-même. Mais au lieu, hélas, de tenir cette promesse, il n'était au bout du compte parvenu qu'à leur offrir un avant-goût d'apocalypse.

Le chaos initié par ses propres soldats avait rapidement pris des proportions inquiétantes. La foule, cédant à la panique, donna après quelques hésitations libre cours à son instinct de survie et, bientôt, il devint impossible de contenir l'ardeur des protagonistes. Ni Serlet, encore moins les organisateurs de la manifestation n'arrivaient à se faire entendre. Catalyseurs indéniables de l'altercation, il leur était désormais impossible de contenir les effluves maléfiques de la boîte de Pandore qu'ils avaient ouverte.

L'aspect le plus marquant des douloureux instants qui suivirent aura été, a posteriori, la perte collective du sens de la mesure. Au contraire de ce qu'espérait Diomaye, la cruauté qui prend place en de tels moments d'hérésie est sans commune mesure avec la profondeur des convictions. Les circonstances, à elles seules, ne peuvent justifier les actes commis. La violence semble se dérouler dans une dimension parallèle qui n'est au mieux que le reflet déformé des vrais enjeux. Ceux qui se déchaînent le plus sont ceux-là mêmes qui comprennent le moins la situation. La raison est court-circuitée. L'instinct de survie domine. Elle pousse les gens à frapper aveuglément autour d'eux pour se protéger contre tout ce qui est inconnu ou suspect.

Dans cette atmosphère de confusion et de précipitation, seul ce qui est familier rassure. Les différences physiques qui sont les plus apparentes inspirent les sentiments les plus meurtriers. Le concept d'innocence disparaît. Chacun est coupable des préjugés et des perceptions qui affligent le groupe auquel on l'identifie.

Le chaos est tel qu'il dérègle non seulement la raison, mais aussi le temps lui-même. Les minutes s'égrènent interminables, suspendues au-dessus d'un présent sans lendemain. Les événements défilent, sans prise sur la surface d'une mémoire collective qui se dérobe. Un peu comme si c'était la fin de tout, on agit comme si plus rien n'avait d'importance.

Dans la pénombre de ce sinistre instant crépusculaire, alors que le voile s'abattait sur la raison d'un peuple traînant au bord de l'abîme, Diomaye avançait à tâtons, agrippé au fil ténu de la vie, vers le seul îlot d'humanité que percevait son cœur. Il avait les bras tendus vers l'avant et répétait, comme dans une prière, le nom de sa femme introuvable. Le soldat qui l'ajustait était une des recrues indigènes enrôlées sans conviction dans l'armée d'occupation. Un renégat. On peut raisonnablement penser qu'il choisit la cible à cause de sa témérité. C'était une cible facile. Trop visible et trop facile pour être ignorée. Il tira à bout portant. La balle sembla peser des tonnes. Elle s'abattit comme une massue et dispersa dans une gerbe d'étonnement les dernières pensées de Diomaye.

CHAPITRE 17

La baie du futur

Il y a la vie et il y a la mort. La mort n'est pas une fin, c'est une absence.

Un fleuve suit son cours puis se jette à la mer. Le fleuve s'anéantit dans la mer, mais la mer, elle, demeure. Elle est éternelle.

Où est la fin ?

Diomaye se réveilla dans le calme stérilisé de la salle de réanimation du bloc opératoire de l'hôpital territorial. Une sérénité toute nouvelle l'habitait. Il avait vécu l'absence. Il connaissait maintenant les contours de l'être.

Il ne savait encore rien du sort de sa femme. Mais il n'appréhendait pas d'être informé, quelle que soit la nouvelle. L'insupportable ne faisait guère peur dans l'état d'apesanteur sentimental où il se trouvait.

Les bouteilles de perfusion qui le maintenaient en vie le faisaient sourire. *Une digue*, pensa-t-il malicieusement en les observant du coin de l'œil. *Rien qu'une digue. Mais j'ai déjà goûté à la mer. Je ne serai jamais un lac. Je suis un fleuve et je vais trouver mon cours. Celui qui mène à la mer.*

La salle était calme. La baie vitrée d'en face ne laissait entrevoir que des ombres furtives. Leurs formes, rendues incertaines par la lumière diffuse, semblaient familières.

De derrière la baie parvenaient aussi des voix familières. Leurs chuchotements étaient faibles, presque inaudibles. Mais on devinait aisément qu'ils animaient une conversation sérieuse.

La scène était un peu irréelle, et l'engourdissement de ses sens la rendait encore plus étrange. Mais l'image, se dit-il, n'a pas besoin d'être nette. Les sons, même brouillés, lui convenaient en ce moment. Il pouvait se passer du contraste habituel qui multipliait les illusions à l'infini.

A demi inconscient, il s'accrochait, rêveur et contemplatif, à la scène. L'infirmière qui se faisait invisible n'avait rien perdu du spectacle de sa résurrection. Elle s'éclipsa au bout d'un moment sur la pointe des pieds et rejoignit le groupe d'hommes en conversation.

– Sa condition s'est beaucoup stabilisée, murmura-t-elle avec un sourire discret. Il est réveillé, mais les visites ne sont pas encore permises. Vous pouvez rentrer chez vous pour le moment.

Personne dans le groupe ne bougea. Plus tôt, le chirurgien en chef avait obtenu la même réaction. Au terme de l'exténuante opération, il s'était tourné vers eux et leur avait annoncé : « Il va vivre. » Cela les avait rassurés, mais ils étaient restés sur place. Malgré leurs énormes responsabilités qui commandaient a priori leur présence en ce moment parmi leurs partisans, ils avaient tous décidé de rester.

Ennemis quelques heures plus tôt, ils étaient venus pour des raisons différentes au chevet de la même personne. Le blessé leur était tous également cher et ils s'inquiétaient profondément pour sa vie. Mais ce n'était plus seulement l'anxiété qui les tenait glués là. C'était bien plus que cela.

Ils étaient de fait piégés par la circonstance. L'instant, ils le sentaient, était un instant de vérité et ils ne pouvaient lui échapper.

Cette vie, en ce moment suspendue à un fil, incarnait un idéal qui leur apparaissait maintenant dans toute sa clarté. Ils étaient enfin ensemble. Comme l'avait souhaité le blessé. Autour d'une même cause. Volontairement, mais aussi irrésistiblement.

Leurs pensées, qui avaient éclairé jusqu'ici le monde avec des faisceaux divergents, convergeaient à présent vers le même point focal. C'était un centre d'inertie autour duquel s'organisait la masse éparse de leurs idées.

Peu importe qui était venu le premier. Peu importe qui partirait le dernier. Ils étaient venus, chacun à son rythme, pour des raisons différentes, mais toutes aussi valables les unes que les autres. Ils découvraient à présent qu'il leur était possible d'aimer ensemble, en même temps, intensément, la même personne. Cela n'enlevait rien à la sincérité et à la légitimité de leur sentiment.

La question désormais était de savoir quoi faire ensemble. En plus d'aimer et de s'inquiéter, il faut apprendre à vivre ensemble lorsqu'on se découvre une communauté d'intérêts.

Mais agir ensemble, pour une même cause, n'est pas aisé. C'est une problématique qui les mettait presque dans l'embarras. Pourtant elle n'était pas nouvelle. Si elle semblait étrange, c'était simplement parce qu'elle avait été jusqu'ici ignorée.

Perplexes, ils observaient avec envie l'assurance du chirurgien et de son équipe. Leur tâche n'était pas plus aisée. Ils l'exécutaient cependant avec aisance et efficacité.

Mais c'était peut-être trop commode comme comparaison. L'équipe médicale s'occupait du corps. C'était sa fonction. Seulement, l'idée aussi se mourait. C'est sur elle que les visiteurs étaient restés veiller. Mais ils ne connaissaient hélas pas assez son anatomie pour lui apporter les soins appropriés. Comme ils l'avaient toujours fait remarquer au blessé, ils n'étaient pas des idéalistes.

Cette fois cependant, l'impression d'impuissance ne les renvoyait pas dos à dos. Ils résistaient vaillamment à l'instinct qui les poussait à retourner sur leurs pas. Ils savaient maintenant que ce chemin familier qu'ils affectionnaient tant ne procurait qu'une fausse impression de sécurité.

Tout à l'heure, l'abîme s'était ouvert sous leurs pieds. Cela les avait convaincus de changer de direction. Ils voulaient maintenant regarder ensemble vers le même horizon. Celui que Diomaye avait pointé du doigt.

Saltigué se sentait le plus interpellé par la situation. C'est lui qui décida de rompre le silence qui avait suivi l'annonce faite par l'infirmière.

– C'est une direction que je lui ai moi-même suggéré de chercher, lança-t-il dans un soupir. C'est la bonne voie et c'est la seule voie. Mais je ne puis vous en dire davantage.

Devant le silence persistant de son auditoire, il poursuivit comme pour se justifier.

– Je suis vieux et ma vue baisse. Je ne vois plus aussi loin que lui. A mon âge, l'expérience subjugue les sens. C'est un avantage certain lorsque l'avenir se déroule sur une ligne droite. Mais nous sommes à un tournant majeur. La route a changé de forme et ma génération a parfois peur d'aller de l'avant.

– Je ressens la même frustration, renchérit Serlet. Mais en ce qui me concerne, ce n'est pas l'âge que je traîne comme un boulet. C'est plutôt l'héritage. Je suis le capitaine d'un vieux navire dont je connais mal les rouages encombrants et inefficaces. J'ai une idée très claire de l'endroit où je veux aller, mais je me rends compte maintenant que je ne l'atteindrai jamais à bord de cette vieille chose.

– L'héritage revêt en effet souvent un aspect sacré qui nous pousse à le ménager, concéda Saltigué. Je comprends votre dilemme.

– La raison cependant m'incite à commettre le sacrilège qui me rendra les clés de mon destin, reprit Serlet. Car la mer est très agitée en ce moment et je suis trop mal équipé pour l'affronter. Pour survivre aux tempêtes, je n'ai actuellement d'autre recours que de m'attacher au mât de ce vieux navire. Ce n'est pas suffisant.

– Je suis comme vous, Gouverneur, dit le Lamane, avec une humilité qui surprit tout le monde. Mon passé est aussi très lourd. Mais au lieu de le traîner, je me laisse porter par lui.

– Vous devriez ajouter « au gré des vents », intervint promptement Saltigué. Le Gouverneur, au moins, s'était fixé une direction. C'est son embarcation qui n'est plus adaptée au voyage. Mais vous, vous me donnez l'impression d'aller nulle part. Vous êtes plutôt un vieux navire à la dérive.

– La mer a changé, Saltigué, répondit avec patience le Lamane. Vous l'avez dit vous-même. Vous et moi ne sommes peut-être pas de la même génération, mais nous avons le même handicap. Nous ne comprenons plus notre époque.

– Non, Lamane. Notre situation est différente. Moi, je subis le poids des souvenirs, tandis que vous, vous subissez le poids de l'ignorance

– C'est en effet beaucoup moins désespéré comme situation, appuya Serlet. Il ne tient qu'à vous d'apprendre à déchiffrer notre monde. Ce n'est pas très compliqué et vous en avez encore amplement les moyens.

– Je suis presque tenté de vous donner le même conseil, Gouverneur, répliqua avec diplomatie le Lamane. La puissance de votre science ne suffira pas à vous mener à bon port. Il faudra aussi un jour vous résoudre à nous écouter.

– Encore faudrait-il que nous exprimions clairement nos différences et nos opinions, fit remarquer avec dépit le vieux Malang. Ceux que nous considérons comme nos porte-parole n'ont aucune identité. Ils sont tellement transparents qu'on ne leur prête même plus attention.

– Si c'est à moi que vous faites allusion, vous perdez votre temps, répliqua calmement Wagane. Comme en témoigne votre animosité à mon égard, j'ai bien une identité. Je comprends qu'elle ne vous convienne pas. Mais c'est mon choix et il ne regarde que moi. Je ne peux pas, pour vous faire plaisir, me forcer à être nostalgique d'un passé que je ne connais pas.

– Affligeant comme aveu. Comment pouvez-vous alors prétendre être l'avocat d'un peuple qui, lui, ne souffre pas de votre amnésie ?

– Wagane, intervint Saltigué, le vieux Malang a raison. L'identité à laquelle vous faites allusion n'est pas convaincante. Elle manque de consistance. Comme nous venons de le voir, elle vous laisse à la croisée des chemins, incapable de dire non à la plus odieuse des sollicitations.

– C'est vrai, renchérit le Lamane. Tous, ici, nous avons nos propres vérités. Elles sont certes incomplètes, mais nous leur sommes toujours fidèles, surtout dans les moments de crise. Mais vous, Wagane, quelle est votre vérité ?

– Elle est bien simple, répondit avec flegme le jeune homme. Je ne crois pas aux conflits. Je crois aux opportunités. Au lieu de souhaiter une nouvelle situation, j'essaie toujours de tirer le meilleur parti de la situation dans laquelle je me trouve. C'est cela mon principe.

– Dans son essence, ce principe est un bon principe de gestion. L'ennui, c'est que nous n'avons rien à gérer en ce moment. Vous ne pouvez pas vous contenter du peu que nous avons, même si vous arriviez à vous en réserver la part du lion. Vous êtes l'élite de ce pays. Votre responsabilité actuelle est de changer les choses autour de vous et de créer des opportunités. C'est cela, le rôle que vous a assigné l'histoire.

– Peut-être, mais je n'ai qu'une vie et je veux en profiter au maximum, nonobstant la misère dans laquelle elle se déroule. Changer notre destin commun n'est pas ma seule responsabilité. Vous qui parlez, vous savez d'ailleurs combien c'est difficile. Vous vous y êtes déjà essayé et vous avez échoué lamentablement. Si l'élite était le seul problème de cette société, vous auriez réussi, bien avant nous, ce que vous me reprochez de ne pas faire.

– Vous êtes le problème parce que vous prétendez trop souvent être la solution. Et ces prétentions auxquelles vous donnez rarement suite ne font qu'ajouter à la confusion et au désespoir.

– Justement, intervint Saltigué, il faut, sans plus tarder, jeter bas ces prémices trompeuses qui mettent tout un peuple à la remorque de quelques jeunes gens bien instruits. Nous venons de faire ensemble un tour d'horizon complet de nos carences respectives. Le moins que l'on puisse dire, c'est que nous sommes tous également responsables de notre échec. Et c'est peut-être mieux ainsi. Je supporte mieux les échecs personnels. Ceux causés par autrui ont pour moi le goût de la défaite. Dans le cas présent, nous n'avons pas été défaits ; nous nous sommes défaits nous-mêmes. Nous avons donc encore nos chances.

Il marqua une brève pause, comme pour contempler la mine confuse de son auditoire, puis reprit après s'être éclairci la gorge :

– On me dit sage et on me prête à juste titre l'aptitude de prédire le temps. Cette faculté, bien que mise à rude épreuve par les mutations de l'époque, ne m'a pas encore complètement quitté.

« Je ne suis cependant pas sage parce que j'ai une vue privilégiée sur l'avenir, mais plutôt parce que je sais lire et comprendre le présent. A cette faculté s'ajoute l'expérience unique que j'ai d'avoir vécu dans deux époques différentes. Cela me confère un avantage considérable sur vous et me permet d'apprécier à sa juste valeur l'énorme potentiel qu'offre notre situation actuelle.

« Le présent, malgré son aspect chaotique, est en effet rempli de promesses. Nous venons d'en vivre l'illustration à travers l'épopée économique de Lécuyer. Pour notre malheur cependant, son aventure était une sorte de preuve à l'envers. Au lieu de nous servir, elle s'est retournée contre nous pour, au bout du compte, nous causer plus de mal que de bien. Nous sommes ainsi tous tentés de n'y voir qu'une infamie à effacer de nos mémoires dans les plus brefs délais.

« Mais ce serait là une grave erreur. Au lieu de nous hâter d'oublier, arrêtons-nous au contraire pour essayer de tirer quelques leçons de cette douloureuse expérience.

« Vous devez peut-être tous vous demander ce qu'il est advenu de notre illustre magnat. Je ne peux malheureusement pas vous édifier sur son sort parce que je ne suis pas mieux renseigné que vous. Ce que je peux par contre vous garantir, c'est qu'il a tiré son épingle du jeu. Et ce n'est que logique, car il n'est rien d'autre que le produit achevé du système que nous avons, chacun à notre manière, contribué à mettre en place. Nous ne pouvons pas raisonnablement espérer que ce système, qui l'a créé de toutes pièces, se retourne contre lui et le punisse.

« Les personnalités comme lui existent et se développent par induction. L'erreur que nous faisons d'être ensemble et de ne pas avoir un dessein commun leur permet d'exister et de s'épanouir. Car être ensemble est un pouvoir considérable. Mais un pouvoir sans dessein devient très vite un fléau. C'est une tendance très malheureuse qui gangrène, de façon systématique, le vécu humain. En témoigne l'asymétrie entre le bien et le mal qui caractérise notre histoire.

« Il aurait fallu, pour éviter cette dérive, que nous prenions ensemble, consciencieusement, la décision de nous assigner un grand dessein. En choisissant jusqu'ici d'ignorer cet impératif, nous avons en substance laissé la voie libre aux profiteurs de tous bords.

« Lécuyer, par conséquent, est un effet, pas une cause. Il ne me préoccupe guère, mais il me permet d'illustrer, de manière éloquente, l'ampleur du gâchis que symbolise à mes yeux sa récente boulimie.

« Mon souci principal, c'est surtout vous, Gouverneur. Vous avez entre les mains un pouvoir qui vous a certes été confié par un peuple conquérant et souverain, mais que, d'une certaine façon, nous, autochtones sous occupation, alimentons. Vous avez aussi un dessein. Mais vous avez jusqu'ici décidé de nous en exclure.

« Ce faisant, vous vous êtes, consciemment ou non, placé à mi-chemin entre les deux termes d'un choix auquel vous ne pouvez pas vous dérober : vous devez soit nous faire disparaître complètement, soit modifier et élargir vos desseins pour y inclure, de façon équitable et sans équivoque, nos propres ambitions.

« La première option est celle qui vient le plus naturellement à l'esprit d'un conquérant comme vous. Elle vous garantit à la fois un pouvoir exclusif et un dessein exclusif. Mais les ambitions et les réalisations qui l'accompagnent me semblent considérablement limitées lorsqu'on les compare au potentiel qu'offre la seconde option.

« Il est certes frustrant et même un peu inquiétant, pour vous qui détenez tant de pouvoir, de vous embarquer volontairement dans une voie qui, à long terme, entamera à coup sûr votre actuelle hégémonie. Mais c'est le prix qu'il vous faut consentir à payer pour donner à votre pouvoir une nouvelle dimension. Et pour vous convaincre de ce que je dis, arrêtez-vous un instant et imaginez ce que serait ce pays s'il était donné à chacun de ses habitants d'exprimer pleinement l'immense potentiel que Dieu a placé en lui. Seriez-vous personnellement un peu plus malheureux ou infiniment plus heureux ?

« Votre projet, qui est de nous soumettre et d'exploiter les richesses humaines et matérielles de ce pays, vous a placé, je le répète, à mi-chemin entre les deux options que je viens d'évoquer. Votre malheur, cependant, est qu'il n'y a pas, dans cet espace dichotomique, de juste milieu. Votre stratégie ne nous laisse, à nous les autochtones, qu'un seul et unique choix : nous soumettre complètement ou nous libérer totalement. Et ceci n'a absolument rien à voir avec le fait que vous soyez des étrangers. Même dans votre propre communauté d'origine, si d'aventure vous soumettiez une frange de la population aux mêmes abus, elle vous répondrait tôt ou tard, exactement comme nous le faisons actuellement : "Il n'y a pas de juste milieu."

« Une telle comparaison, me direz-vous, ne tient pas debout. Vous êtes en effet tous pareils dans votre pays et il n'y a donc aucune raison d'y pratiquer une discrimination.

« Mais si telle est votre logique, les différences qui fondent votre attitude à notre égard me paraissent alors sinon superflues, du moins très arbitraires. Car, si tant est que les différences physiques soient importantes dans la poursuite des grands desseins, pourquoi la couleur de la peau, et non pas la taille de l'individu ? Pourquoi les Blancs au lieu des Noirs, et pas les grands au lieu des petits ? Et si vraiment les différences culturelles avaient une quelconque influence sur le potentiel intellectuel humain, pourquoi des peuples autres que le vôtre auraient-ils inventé l'algèbre ou la géométrie ?

« Ne devriez-vous pas embrasser la diversité culturelle en voyant l'impact considérable que ces peuples, complètement différents du vôtre, ont pu avoir sur la naissance et le développement de la science qui vous donne actuellement votre puissance ? Davantage : vous êtes-vous demandé où vous seriez sans ces peuples qui, pourtant, ne vous "ressemblent" ni physiquement, ni culturellement ?

« Je sais cependant, Gouverneur, que vous êtes un administrateur atypique. Vous n'êtes pas comme vos collègues et prédécesseurs. Vous aviez, il me semble, peut-être déjà compris, admis et assimilé tout ce que je viens de dire avant de prendre vos fonctions. Mais il reste malgré tout une différence que vous semblez ne pas pouvoir transcender. Il s'agit en l'occurrence de l'écart de savoir qui sépare nos deux peuples.

« Cet écart est certes réel ; mais il est aussi circonstanciel. Vous l'avez vous-même compris et, d'après Diomaye, une de vos ambitions personnelles est de le faire disparaître. Mais vous pensez qu'en ignorer la réalité serait verser dans une complaisance qui pourrait se révéler coûteuse. Ainsi, vous ignorez consciencieusement les opportunités de dialogue paritaire entre nous et, sur beaucoup de questions, vous exigez que nous acceptions vos choix non pas comme un abus, mais plutôt comme une bénédiction.

« Ce dernier bastion de votre arrogance est de loin le plus dangereux. Car ce qui vous interpelle dans votre fonction, ce n'est pas de savoir ce que vous allez faire de nous, mais plutôt ce que vous pouvez faire avec nous.

« Votre puissance vous a, de fait, mis dans une position de guide. Et le propre du guide n'est pas de choisir une destination finale pour le groupe qu'il conduit, mais plutôt d'indiquer le chemin qui mène le plus facilement à la destination que s'est choisie le groupe.

« En décidant aussi brutalement que vous l'avez fait de nous imposer à la fois un nouveau chemin et une nouvelle direction, vous avez de fait transformé nos hommes mûrs comme lui – il désigna le Lamane – en petits enfants. Il n'est pas étonnant qu'à partir de ce moment-là, vous bénéficiiez d'un gros avantage par rapport à nous dans le nouveau parcours que vous aviez défini. Vos décisions sont dès lors non pas une bénédiction, mais bien la conséquence d'un abus que seul rend légitime votre puissance militaire.

« L'abus cependant n'est rien d'autre qu'une absence de mesure, et la mesure, Gouverneur, est ce qui manque le plus à votre puissance. Vous ne savez pas ce qui est grand et vous ne savez pas non plus ce qui est petit. Vous savez gravir les échelles, mais vous ne savez pas les comparer. C'est ce handicap-là qui vous a perdu.

« On pourrait à l'inverse penser que le père Monchallon, grâce à sa foi, a, lui, plus de perspective. Ne s'agenouille-t-il pas régulièrement devant une croix qui célèbre la grandeur à travers l'humilité ?

« Mais cette admirable logique autour de laquelle s'articule sa foi semble être exclusivement réservée à ses rapports avec Dieu. Hors du couvent, il obéit aux militaires et collabore avec les marchands.

« Un tel pragmatisme n'a rien de paradoxal pour quelqu'un comme lui. L'irrationnel peut toujours, en dernier recours, trouver facilement un fondement quelque part dans les voies impénétrables de la Providence où s'éclipse régulièrement sa conscience.

« Si je ne me trompe, c'est même précisément une de ces escapades qu'il est en train de vivre en ce moment. S'il n'a pas dit mot depuis le début de notre conversation, c'est parce qu'il est en train de se recueillir.

« Au fond de lui, il sait que sa responsabilité est entièrement engagée dans ce qui vient de se passer. C'est lui, l'homme de Dieu, qui s'est allié à un aventurier sans foi ni loi pour mener à bien son œuvre de développement social.

« Ce choix porté sur Lécuyer m'a profondément choqué, sans pour autant m'étonner. Dans l'entendement de notre généreux curé, les braves gens qu'il voulait aider sont en effet des enfants non seulement aux yeux de Dieu, mais aussi à ses propres yeux. Cette puérilité presque congénitale les disqualifie aux yeux de bon nombre d'employeurs, y compris lui-même. Le rôle d'intendant, qui pourtant est bien simple et largement à leur portée, n'a ainsi même pas été proposé aux meilleurs d'entre eux.

« Mais comme vous, Gouverneur, notre très altruiste curé était à la recherche d'un juste milieu qui n'existe pas. Ses errements sont semblables aux vôtres et il n'est pas étonnant qu'ils l'aient aussi mené à l'échec.

« Le plus grave, cependant, c'est qu'en agissant de la sorte, vous avez en même temps, tous les deux, causé un préjudice irréparable à mon peuple. Vous avez en effet, avec ce mélange d'atermoiements et d'abus, compromis de façon sérieuse nos chances d'opérer une entrée réussie dans la modernité.

« Que vous l'ayez réalisé ou non, en nous excluant du pouvoir et des desseins qu'il sert, vous nous forciez de fait à nous présenter nus et démunis aux portes de la modernité. Vous vouliez nous priver de toute paternité à l'égard du futur qui se prépare. Vous vouliez que, comme des mendiants, nous errions de wagon en wagon, la main tendue et le cœur vide, dans le majestueux train du progrès. Vous vouliez que, demain, nous soyons des étrangers où que nous puissions être, même ici chez nous.

« Je ne peux pas vous décrire l'horreur que m'inspire un tel dessein. L'échec, aujourd'hui, de votre occupation, qui, dans son application quotidienne, était porteuse d'un projet aussi redoutable, est donc pour moi un immense soulagement.

« Malheureusement, le sort a voulu que vous ayez en partie commis votre forfait avant de devoir rendre votre tablier. Beaucoup de nos meilleurs fils sont tombés comme des fruits mûrs dans votre escarcelle. Sous votre férule, ils se sont dépouillés de leur être, pensant pouvoir recourir à vos oripeaux pour couvrir leur accablante nudité. Et, pour soulager leur conscience, ils mettent cette pénible mutation de l'âme sur le compte de la raison. Le poids d'un passé douloureux et encombrant leur paraît trop lourd à porter et ils s'en débarrassent une fois arrivés sur les quais du futur.

« Sous vos regards amusés, ils se prélassent dans vos vieilles habitudes après s'être débarrassés de tout ce qui pouvait être original ou nouveau. Vous menez et ils suivent. Ils sont ainsi à la remorque, eux qui devaient pourtant servir de levier à leur peuple.

« Parés des imposants habits de succès qu'ils vous empruntent, ils sont de plus en plus grisés par le pouvoir gratuit qu'ils exercent sur leurs compatriotes. Au lieu de servir nos desseins, ils sévissent sur nos espoirs en exploitant sans honte le filon de l'ignorance qui a aussi fait vos beaux jours.

« J'ignore ce qui les pousse à suivre votre itinéraire pas à pas au lieu de tirer les leçons de votre échec. Ils pensent, peut-être comme ceux qui ont mis en place le système dont vous avez hérité, que le succès dépend de la race ou de la culture. C'est pour cela qu'ils militent pour le changement des hommes, et non celui des méthodes.

« Mais les hommes sont tous les mêmes. C'est cette vérité-là qui est à la base de tous les grands progrès sociaux constatés jusqu'ici dans l'histoire de l'humanité. Plus qu'une proposition de loi ou une conquête morale de l'homme, c'est un fait indéniable auquel doit se soumettre la raison humaine.

« Le racisme, de ce point de vue, n'est rien d'autre qu'une sinistre diversion. Et je ne le dis pas par mépris ou indifférence pour le bébé qu'on lynche à cause de la couleur de sa peau. Je trouve au contraire qu'un tel acte symbolise l'horreur absolue. Mais il est aussi, en même temps, l'aboutissement logique et incontrôlable de toute discrimination raciale.

« C'est précisément pour cette raison que toute théorie raciste est si facile à démanteler : elle aboutit au bout de deux raisonnements à l'horreur absolue de soi ou par soi. On la proclame facilement parce que ses arguments sont apparents et superficiels, mais on la défend difficilement, ou jamais, parce que ses conclusions se retournent systématiquement contre cette raison-là même qui la formule.

« Ce qui est par contre vrai, c'est que cette forme de discrimination gratuite est l'un des instruments les plus redoutables jamais mis entre les mains des puissants de ce monde. Car il n'y a en effet rien de plus commode que d'évoquer des différences apparentes, mais superficielles, pour justifier des disparités purement contingentes, mais asymétriquement avantageuses. A côté de la couleur de la peau, il y a eu la langue, la religion et la culture. Bien entendu, une fois l'argument évoqué, on en abuse à outrance tout en évitant soigneusement d'expliquer pourquoi les disparités iraient dans un sens et pas dans l'autre.

« Il faut donc, et je m'adresse maintenant à toi, Wagane, éviter le piège de cette diversion. Elle te détourne de l'essentiel et te fait gaspiller ton énergie en t'incitant à rechercher de mauvaises solutions à de faux problèmes.

« Ce dont il est plutôt question, c'est d'arracher ta place aux puissants qui dominent ce monde.

« Pour ce faire, tu ne gagneras rien à te poser en victime. Ton point de départ doit être le constat lucide d'un échec. Tu dois te mettre dans la peau d'un combattant qui a subi un sérieux revers, mais à qui les circonstances permettent maintenant de revenir à la charge.

« Que ce soit par choix ou par contingence historique, ton peuple n'a en effet ni inventé, ni adopté à temps le canon. Cette faille ne doit cependant pas être source de honte ou de reniement.

« Tu peux et dois être fier de tes traditions. Elles sont bonnes et elles ne valent pas moins que celles des autres peuples. Pour toi, elles ont même un prix inestimable, car elles te permettent de te forger cette identité qui, actuellement, te manque tant. Tu es libre par ailleurs de les changer à ton goût, en ayant à cœur cependant de les faire avancer avant de les transmettre aux générations futures.

« Quel que soit le choix que tu feras de ta manière d'être, tu devras cependant, désormais, le vivre avec plus d'ouverture. La principale leçon à tirer de la pénible expérience qui accable ton peuple depuis des années est qu'il ne faut surtout plus vivre retiré du monde.

« Car c'est une chose de laisser vivre, et une autre de survivre. C'est une chose de respecter l'harmonie du monde, et une autre de comprendre et de maîtriser cette harmonie.

« Pour t'intégrer confortablement dans ce monde, il faudra désormais consentir à donner et à recevoir. Il faudra participer et prendre part.

« Plus tu contribueras à l'élaboration du futur, plus tu seras à même de le comprendre et d'y être heureux. Et à l'inverse, moins tu y auras une part, moins tu t'y sentiras à l'aise.

« Ta présente attitude est bien entendu aux antipodes de cette nouvelle mentalité que je préconise. Tu es actuellement gavé d'abus sociaux qui te rendent à la fois aveugle et paresseux. Un peu comme le Gouverneur Serlet abuse de sa puissance militaire, tu profites de ta position sociale pour tenter d'échapper à la précarité dans laquelle est piégé ton peuple.

« Et tu n'es pas le seul. Notre Lamane, que voici, est victime des mêmes dérives. Tandis que tu vilipendes et aliènes le savoir des étrangers que tu as acquis et dont nous avons tant besoin, lui se plaît à corrompre les coutumes qui constituent la quintessence même de notre identité.

« Tandis que tu détruis nos espoirs, lui saccage allègrement nos acquis. Tu nous empêches de devenir meilleurs, tandis que lui nous ôte la possibilité de rester un peuple respectable.

« Vous ne faites ainsi que parachever l'œuvre des occupants. Mais vous le faites de façon insidieuse, sous le couvert de la légitimité que vous confère votre statut d'autochtones. Ce qui vous rend d'autant plus dangereux, car vous parvenez sans grande peine à faire baisser la garde au peuple crédule et désemparé.

« Prenez garde, cependant. Vous risquez, par vos agissements, de donner raison à vos pires ennemis.

« Le livre de l'histoire, je vous le rappelle, ne se ferme jamais. Ses pages seront toujours à réécrire. Les faits hideux qui accompagnent l'occupation dont nous sommes victimes sont certes inaltérables, mais leur interprétation, elle, sera toujours sujette à la tournure que prendra notre futur. La douloureuse expérience que nous vivons pourrait ainsi être qualifiée de moindre mal si, par nos agissements, nous la faisions suivre par l'apocalypse.

« Tout, je vous le répète, est encore possible. Continuez à vous disputer, comme des corbeaux véreux, des miettes sur le dos de votre propre peuple, et vous verrez surgir le pire. Tâchez par contre de devenir des aigles majestueux qui traquent avec assurance leur proie dans le firmament, et vous verrez poindre le meilleur.

« En ce qui me concerne, je garde encore espoir. A l'inverse du professeur Malang, qu'un mélange de passion et de désillusion rend actuellement si amer, j'ai encore foi en l'avenir.

« Les erreurs que je dénonce ne me causent pas de complexes. Elles ne me feront jamais revoir à la baisse nos ambitions. Elles sont pour moi matière à apprentissage. Pour les absoudre, il suffira d'abord de les admettre courageusement, puis de les analyser sans complaisance pour en tirer des leçons à transmettre aux générations futures.

« Il faut, pour servir de repère à notre progrès, une mémoire collective, objective et inspiratrice. Le professeur et moi-même, qui avons passé la majeure partie de notre vie dans l'ostracisme, devons trouver les moyens d'étouffer notre aigreur. Nous ne devons ni nous plaindre ni prendre notre retraite. Nous pouvons, tous les deux, compte tenu de notre âge et de notre expérience, être aux avant-postes de cet effort de rationalisation et de vulgarisation de notre passé. C'est notre devoir et aussi notre gratification.

« Pour vous cependant, le rêve est encore permis. Il est même nécessaire.

« Une fois que vous aurez assimilé votre passé, tournez-vous résolument et sans complexes vers le futur et donnez libre cours à votre imagination et à votre raison.

« Rêvez grand et n'ayez point peur.

« Avec l'ouverture du monde, les possibilités deviennent de plus en plus nombreuses et l'union de toutes les forces rendra même accessibles les plus lointaines d'entre elles.

« Pour cependant atteindre notre vrai potentiel, il ne suffira pas simplement de rêver. Il nous faudra aussi couver nos rêves en usant du seul moyen sûr qui soit : le travail.

« Une fois unis autour d'un commun projet d'être, franchissons donc ensemble le dernier pas qui nous sépare de la grandeur en nous mettant au travail. Faisons-le avec foi et conviction, mais faisons-le aussi, et surtout, de la seule façon qui anoblisse l'homme : faisons-le avec passion.

« Passion, non pas pour l'appréciation monétaire que nous pouvons en tirer, mais pour l'idéal de vie qui inspire nos projets.

« Passion, pour nos rêves communs qui nous poussent à prodiguer beaucoup de soins à la pierre que nous apportons à la construction de l'édifice.

« Passion, pour le futur de nos enfants, que chaque goutte de notre sueur arrose et embellit.

« Passion, pour notre identité et le respect de notre communauté dans le monde.

« Passion, enfin, pour notre renaissance. »